Mathias Wedel

Was wäre, wenn ...

Eulenspiegel Verlag

ISBN 978-3-359-02332-6

Umschlaggestaltung: Steffen Kawelke
Druck und Bindung: CPI Moravia Books GmbH

Ein Verlagsverzeichnis schicken wir Ihnen gern:
Eulenspiegel · Das Neue Berlin Verlagsgesellschaft mbH & Co. KG
Neue Grünstr. 18, 10179 Berlin
Tel. 01805/30 99 99
(0,14 Euro/Min., Mobil max. 0,42 Euro/Min.)

Die Bücher des Eulenspiegel Verlags erscheinen
in der Eulenspiegel Verlagsgruppe.

www.eulenspiegel-verlag.de

VORWORT

WAS WÄRE, WENN ...

»WAS WÄRE, WENN ...?« nicht wäre?

Nichts wäre dann, gar nichts.

»Was wäre, wenn …?« ist die Grundfrage unserer Zeit. Als die Kolumne vor einem gefühlten Vierteljahrhundert, in vollständig analoger Zeit, das erste Mal in der *jungen Welt* erschien, mag »Was wäre, wenn …?« zu fragen noch ungewöhnlich gewesen sein: Der Kampf gegen den Hunger und die Läuse und die Wüstung in den Köpfen, die der Staatssozialismus in der überlebenden Leserschaft hinterlassen hatte, saugte alle journalistischen Kräfte ab. Es galt die normative Kraft des Faktischen – wann werden die Fettmarken abgeschafft, wie erneuern wir die Schienenwege, wo nehmen wir sauberes Trinkwasser her, wie viele Bananen darf man essen, ohne zu kollabieren, haben wir den Geschlechtsakt bisher richtig ausgeführt, wie verhalten wir uns beim Ehegattensplitting, wer komponiert neue Lieder für die Massen? Das waren damals die dringenden Fragen! »Was wäre, wenn …?« aber fragt nach Träumen, will das parvenuehafte Spiel der Varianten, das überflüssige Jonglieren mit den Möglichkeiten.

Heute fragt jeder Arsch »Was wäre, wenn …?«. Das bürgerliche Feuilleton ist von der ersten bis zur letzten Zeile Was-wäre-wenn-Geschnatter. Da wird spekuliert, unterstellt, gemutmaßt, prophezeit und falsch behauptet. Da werden – nach albernen esoterischen Grundthesen, wie »Ein Schmetterlingsflügelschlag erschüttert die Welt, ein

Steinchen in der Aller löst Tsunamis aus, und ein Morgenpups wird Schwarzafrika befreien« – Kausalketten gehäkelt, die ihren »Auslöser« in Ereignissen haben, die eben nicht stattgefunden haben. Ein lukrativer Zweig der Geschichtsschreibung, die Schreibung der ungeschehenen Geschichte, ist entstanden und hat vormals graue, staubige Historiker mit Magenproblemen zu Stand-Up-Comedians gemacht, die auch steppen können und zum Promifriseur gehen. Die öffentliche Bekakelung der ungeschehenen Geschichte hat das Faktengestrüpp, das am Wegesrand der Völkerwanderungen wucherte, verdorren lassen. Frage mal einen Gymnasiasten, was 1878 war!

Zunächst widmete man sich den großen ungeschehenen »Tatsachen«: Was wäre, wenn Stauffenberg den Hitler erfolgreich gemeuchelt hätte (dann hätte Honecker es nie und nimmer gewagt, Wolf Biermann auszuweisen)? Was wäre, wenn die Varus-Schlacht nicht auf germanischer Seite verlorengegangen wäre (dann hätten wir seit langem eine gut funktionierende Demokratie mit zahlreichen Kommunalwahlen)? Was wäre, wenn Genscher in der Prager Botschaft vor Aufregung vom Balkon gestürzt wäre (dann schissen die Ossis noch heute dort in den Garten, weil sie nicht wüssten, wie sein Satz zu Ende gehen sollte)?

Dann wurden die ungeschehenen Tatsachen immer kleiner, lösten indes immer größere Beben aus, nach dem Modell: Was wäre, wenn Napoleon vor Jena und Auerstedt keine Zahnschmerzen bzw. nicht eine viel zu enge Unterhose angehabt hätte?

Interessant, nicht wahr?

Ja?

Dann kaufen Sie sich ein anderes Buch.

WAS WÄRE, WENN …

Angela MERKEL nicht mit starken Männern könnte?

Wir sind uns inzwischen hoffentlich einig, dass in der modernen Welt an die Stelle einstiger altbackener Klasseninteressen – die wiederum von materiellen Verhältnissen, insonderheit den Produktions- und Eigentumsverhältnissen »bestimmt« waren – etwas völlig anderes getreten ist: etwas Luftiges, Fluides, Weiches, Geruchs- und Geschmackloses, das derart konturenlos und flüchtig erscheint, dass es sich sogar einer Benennung dauerhaft entzieht. Es muss nicht gefüttert werden, braucht lediglich Atemluft zum Überleben und manchmal etwas Alkohol und kann bedenkenlos bei der Ganzkörperhygiene mitgewaschen werden. Wahrscheinlich hat es jeder, aber nicht jeder weiß, dass er oder sie es hat. Manche benutzen es ein ganzes Leben lang nicht – das ist dann aber auch ein Leben als Putze, als Nachhilfelehrerin oder Bademeister auf Ein-Euro-Basis. Man könnte es »Seele« nennen, wenn die Pfaffen den Begriff nicht besetzt hätten. Oder »Psyche«. Oder »mentale Disposition«, »charakterliche Grundierung« oder – auch hübsch: »Das ungewisse Wollen und das ungewollte Sein«. Seitdem dieses »Es« in die Politik gegangen ist, wurde es plötzlich einfach, sich die Welt zu erklären.

Auf Frau Merkel bezogen, hörte ich kürzlich, es sei eminent wichtig – und zwar für nichts Geringeres als den Fortgang der Weltgeschichte und die Beantwortung der Frage, ob wir in nächster Zukunft verhungern oder doch notdürftig überleben werden – zu wissen, »wie diese Frau tickt«. Ja, an ihrem Ticken, das man selbst dann nicht hören würde, käme man in den Genuss, sein Ohr auf ihren Busen zu legen, hängt die Existenz uralter Reiche und Kulturen. Das geringste Vorhofflimmern im Vestibül zu Merkels mentaler Waffenkammer – und schon bleiben von den Griechen nur tote Dinge: die griechische Philosophie, das Altgriechisch und Ruinen.

Es ist noch nicht lange her, da galt Angela Merkel als »die mächtigste Frau der Welt« (eine Frau mit einer anderen psychischen Verfassung, als die der Merkel, wäre bestimmt verstimmt gewesen – sie als mächtig zu rühmen, zeugt doch nur davon, dass man das Kriterium der Schönheit auf sie nicht anwenden mag). Damals erwartete man von ihr, dass jedes einzelne Ticken ihres mentalen Systems wie eine sich selbst verstärkende energetische Welle rasend schnell um den Erdball läuft, in den brasilianischen Slums die Glühbirnen und im Münchner Englischen Garten die Kastanien anzündet und den chinesischen ABC-Schützen mit kühnem Strich die Haare kämmt. Die Welt schien an ihrer Psyche zu hängen, wie der Säugling an der Mutterbrust.

Heute tickt sie anders, teigig, träge. Die Milch ist versiegt. Die unaufhörliche Sorge um die Erhaltung der Ausbeutungsverhältnisse macht die Merkelsche Seele dünnhäutiger (die Seele hat ja an sich eine nur furchtbar dünne Haut).

Es ist auch ganz ungewiss, wie viele Milliarden ihre Psyche, ihr mentaler Code, ihr allerinnerstes Sehnen noch herbeischaffen und wem sie diese schenken wird. Gänzlich obsolet sind, wenn die Psyche »spricht«, natürlich die Fragen: »Warum?« und: »Wem nützt es?« Das innerste Selbst darf man nicht nach Absichten fragen wie einen ungezogenen Schüler.

Ist sie vielleicht ein bisschen bindungsscheu? Neigt ihre Seele dazu, für Monate einzuschlafen, notversorgt mit ein paar SMS ihrer Büroleiterin? Ist sie ödipal kaltgestellt (mit Kohl ist ja nichts mehr los?) Verschließt sie sich in Form von Roland Koch und Friedrich Merz nicht »eigentlich« gegen Herrn Sauer? Kann, wer »als Frau« seinen Sexus verleugnet, die kapitalistischen Herrschaftsverhältnisse zuverlässig stabilisieren und zuverlässig Kriege um Rohstoffe führen? Und – wie eine Zeitung gestern mit versehentlich obszönem Unterton fragte: »Kann Merkel nicht mit starken Männern?«

Falls sie nicht mit starken Männern kann, muss die kapitalistische Akkumulation in der Marktwirtschaft völlig neu gedacht werden, Opel und noch mancher ostdeutsche Junge in Afghanistan werden sterben, und die volle Mehrwertsteuer auf Hundefutter ist so sicher wie das Amen in der Kirche. Die Psyche! Noch nie war es so einfach, die Verhältnisse zu durchschauen.

Der FUNKE der Freiheit überspränge?

Der Funke der Freiheit, die Fackel der Wahrheit, das Feuer der Liebe, die Glut der Leidenschaft und die uralte Arbeitshose meines toten Großvaters! Dinge der Erhabenheit, die unserem Dasein jede Menge Wärme, Hitze und natürlich Rauch geben, ohne den kein Feuer ist und man keine Schweinswürsteln räuchern könnte. Ich wüsste – auch nach längerer Besinnung – keinen, in dessen Mundraum der Funke der Freiheit besser bewahrt wäre als bei Dr. Westerwelle. Wo andere Mundgeruch haben, hat er den gewissen Funken und könnte damit durch bloßes Anhauchen einem alten Opel Starthilfe geben.

Ihm ist zu verdanken, dass diese Metapher überhaupt wieder zu uns fand (zuletzt flog hierzulande der Funke der Freiheit 1998 in dem gleichnamigen Roman von Tilman Röhrig über die Ermordung des Dramatikers August von Kotzebue). Zugleich hat Westerwelle mit dem »Funken der Freiheit«, formuliert in der ARD, dem Chaos, dem Gebrüll, dem widerwärtigen Gehopse und Geschwenke, dem Gestank, dem Blut, den abgerissenen Gliedmaßen und den Leichen, die zu einer Revolution gehören, eine solitäre sprachliche Fassung gegeben. Wann immer wir uns des Krakeels der arabischen Massen mit Rührung erinnern werden – wir werden vom Funken der Freiheit sprechen. Ja, es wird in fünfzig Jahren vielleicht heißen: »… der Funke der Freiheit, um es mit dem längst vergessenen einstigen deutschen Außenminister Westerwelle zu sagen …« (Westerwelle, immer im bildgebenden Verfahren, hatte in der gleichen Sendung ein Übriges getan und – analog zur orangenen, blauen, grünen und friedlichen, zur Nelken- und zur Oktoberrevolution von »Jasminrevolution« fabuliert – aber das verfing unter der Wucht von »Funke der Freiheit« schon nicht mehr).

Der Funke der Freiheit springe »bereits auf eine ganze Region über«, frohlockte der Vizekanzler (im ZDF und im Interview mit der Welt). Er meint damit sogenannte Autokratien, wie man Regionen nennt, in denen nicht die Kommunisten an der Macht sind (dann sind es Diktaturen), sondern in denen es einigermaßen demokratisch aussieht, die am Welthandel teilnehmen, in der UNO sitzen, kapitalistische Marktwirtschaft betreiben, den Denkmalschutz respektieren und ein international beachtetes Spielfilmschaffen haben – in denen die Herrschenden aber doch machen, was sie wollen.

Und recht hat er! Der Funke der Freiheit scheint auch in meiner Region Uckermark/Barnim, bis rüber nach Schwedt und rauf nach Prenzlau sozusagen auf dem Sprung zu sein. Wir ächzen unter der Autokratie schmerbäuchiger SPD-Landräte und der kleinen Duodezfürsten, die die Stadtwerke, Zoos und andere Zweckbetriebe von Bernau, Eberswalde oder Angermünde unter ihrer Knute haben. Wie in Kairo gibt es bei uns viele gut ausgebildete junge Leute – Floristen mit Schweißerbrief, Fliesenleger mit Gabelstaplerschein und Zahnarzthelferinnen mit weißblonder Hochfrisur – die keinen Sinn mehr in ihrem Leben finden und sich würdelos in Schwarzarbeit verdingen oder auf dem Markt in Eberswalde in hartem Wettbewerb mit algerischen Händlern Gürtel und Hausschuhe anpreisen. Das Fass ist kurz vorm Überlaufen. Bleibt denen nur die waghalsige Flucht nach Lampedusa? Manchmal sieht man schon Grüppchen von ihnen an den Tankstellen, wie sie sich im hüpfenden Gebrüll ihrer arabischen Vorbilder üben, die Hände zum Victory-Finger recken und »The Game is over!« brüllen. Auch bei uns wird der Funke der Freiheit über das World Wide Web weitergetragen. Unsere Schneeglöckchen-Revolution (Wird man sie einmal so nennen?) spielt sich auch auf Facebook ab. »Schnülli« zum Beispiel – ein zwischen Eberswalde und Finowfurt sattsam bekannter Revolutionsführer – schreibt in seinem Blog: »War gestern wieder auf der Piste in Spechthausen und hab mich von den Weibern melken lassen, aber nüscht zum saufen« – eine Diktion von brachialer revolutionärer Authentizität, die nicht nur an das Bild vom Funken der Freiheit, sondern auch an die Redewendung »einen Funken Verstand« denken lässt.

Was können wir für die Freiheit in unserer Region jetzt tun? Dasselbe, wie für die Freiheit in Tunesien. Westerwelle bittet alle Menschen, die für Freiheit einstehen, jetzt als Touristen für mindestens zehn Tage die sattsam bekannten tunesischen Urlaubsknäste zu buchen und sich dort schon beim Einchecken im Sinne der Demokratie zu äußern (etwa mit den Worten: »Kein warmes Wasser im Hotel? Wir suchen einen Konsens.«). Denn dort finden die jungen tunesischen IT-Ingenieure, Architekten, Ärzte und Juristen als Masseure, Reinigungskräfte und Kamelführer ihre Erfüllung in einem besseren Leben. So spüren sie, dass die Freiheit sich für sie lohnt.

Analog gilt das für unsere Region. Die ganze Ecke nördlich von Bernau könnte dringend einen selbsttragenden Aufschwung durch den Tourismus gebrauchen. In unserer Not würden wir sogar Araber beherbergen, solange sie sich still verhalten, nachts das Treppenlicht nicht brennen lassen und nicht dauernd Funken schlagen.

WAS WÄRE, WENN ...

wir DARWIN ehren würden und also verstanden hätten?

Von den Arbeitern auf den Erdölfeldern von Kujan-Bulak heißt es im Liedlein namens »Die Arbeiter von Kujan-Bulak ehren Lenin« – finaler, pointenversessener Vers: »So nützten sie sich/ indem sie Lenin ehrten/ und ehrten ihn,/ indem sie sich nützten./ Und hatten ihn also verstanden.« Nicht eine Sekunde zaudere ich, den dieser Metapher innewohnenden Geist – Eigennutz geht vor Opfergabe, Rückgabe vor Entschädigung! – auf Darwin (später vielleicht auch auf Grass, Merkel, GOTT und unseren Ortsteilbürgermeister) anzuwenden.

Seine Hauptthese hat Darwin nicht nur auf den Galapagos-Inseln der Natur abgelauscht, formuliert und bewiesen, sondern geradezu bzw. nachgerade selbst gelebt (insbesondere im spannungsreichen Verhältnis zu seinen sieben Schwestern). Sie zählt heute zu den Basics des abendländischen und abendfüllenden Wertekanons. Hitler, Himmler, Eichmann, Mengele hatten sie verinnerlicht und ehrten Darwin, indem sie sich nützten. Sie drückt den naturbelassenen Sachverhalt aus, dass das schwache, sieche, nur zu einem Hauptschulabschluss begabte Individuum vom starken »gefressen« wird. Und zwar mit Haut und Haar, wobei allerdings manchmal Abfindungen und sogar Boni in beachtlicher Höhe gezahlt werden.

Dieses Grundgesetz der Natur hat es in unserer von Sozialromantik durchseuchten Gesellschaft nicht einfach zu wirken. Beispielsweise ist es im Grundgesetz der deutschen Bundesrepublik nicht einmal erwähnt. In seiner Wirkung im sozialen Raum ist es u.a. durch das berühmte Peter-Prinzip konterkariert, das besagt, dass potentielle Versager exakt bis auf jenen Posten befördert werden, auf dem sie zwangsläufig scheitern müssen, aber eben niemals eine Stufe darunter bleiben. Sonst wäre Angela Merkel heute Umweltministerin im Kabinett Schäuble, der dann erst nach seiner Beförderung zum Papst scheitern würde.

Aber selbst in der »Natur« selbst ist die Darwinsche Nahrungskette nicht intakt. Die Anführungszeichen vor Natur sind ironischer Natur, denn die »Natur« ist ja längst nicht mehr natürlich, sondern nur noch Abstandsgrün im baulichen Ortskernebereich der Zivilisation. Das flagrante Gutmenschentum hindert sie daran, sich ganz natürlich zu benehmen. So sind der Taunus, der Spessart, das Siebengebirge, die Hügel der Uckermark und des Fläming von unwertem Leben regelrecht überrannt, wie unsere Shopping Malls von Leuten, die nur gucken aber nichts kaufen wollen. Nicht nur, dass Wild jeder Art dicht gedrängt steht, auf den Kieswegen der Reihenhaussiedlungen lustwandelt, an Autobahnparkplätzen durch die Wagenfenster hereinschaut und sich morgens um sieben zusammen mit den städtischen Armen an Suppenküchen anstellt. Auch schorfige, grindige, furunkolöse und eitrige Exemplare überleben, finden ohne Mühe in der Überpopulation weibliche Tiere, die zu schwach sind, fortzulaufen, paaren sich und zeugen schwachen Nachwuchs.

Seit fünfhundert Jahren ist die Jagd auf dem europäischen Kontinent ein edles, selbstloses Waidwerk. Selbstlos, weil sie nicht nur der Eiweißbeschaffung dient, sondern gewissermaßen im demokratischen Ehrenamt jene Arbeit übernimmt, die in anderen Teilen der Welt zuverlässig Darwins Fressfeinde leisten. Deshalb singt unsere Kultur das Hohelied der Jagd, bläst ins Horn, erzählen die Gebrüder Grimm märchenhaft vom Jägersmann und sahen sich Potentaten gern mit Doppelrohr und in Loden bei der Selektionsarbeit auf lauschiger Lichtung. Heute jedoch wird von Fällen berichtet, dass sich Rotwild gegenseitig in die Bürzel beißt, wie Schweine einander die Schwänze abnagen, wenn sie zu Hauf im Koben vegetieren.

Niemand will mehr jagen. Der brandenburgische Jagdverband hat bald das Durchschnittsalter des SED-Politbüros erreicht. Die Jungen gehen lieber gleich zu den Neonazis oder zur Freiwilligen Feuerwehr (die Mädchen fliehen nach Bayern und Österreich und machen dort die Betten). Das Ansitzen morgens um drei auf freiem Feld ist zu beschwerlich. Auch darf man dabei nicht mal mit Ohrhörern Musik hören und keine SMS verschicken.

In ostdeutschen Ganztagsschulen wird deshalb nun wieder Brauch, was es seit dem Wehrkundeunterricht des einstigen thüringischen Ministerpräsidenten Dieter Althaus in der Pädagogik nicht mehr gegeben hat: Es wird wieder geschossen. »Jagdmobile« fahren vor, wie einst die Karabiner-Lastwagen der GST. Die waidgerechte Hinrichtung mit nur einem einzigen gezielten Schuss will trainiert sein. Entsprechende Geräte verwahrt der Pedell sehr sicher in dem Kellerraum, in dem er auch Cola und Pausensnacks verhökert. Auf studiVZ.net verabreden sich die Kinder, wen oder was sie gern mal erschießen möchten. Lehrer, die sich nicht unbeliebt gemacht haben, haben jedoch im Regelfall nichts zu befürchten.

Schließlich lernen die jungen Menschen dabei auch das Gesetz der Rasse und strengen sich vielleicht ein bisschen an, nicht zu denen zu gehören, denen irgendwann das Fell über die Ohren gezogen wird. So ehren sie den alten Darwin, und werden gute Schützen. Und haben ihn also verstanden.

WAS WÄRE, WENN ...

es die DDR wieder gäbe?

Die DDR, die Dankbarkeits–und-Demuts-Region, müsste an einem sonningen Tag wieder in die Weltgeschichte eintreten, z. B. heut. Auf der kleinen aber bewegenden Festlichkeit (Streichquartett, Mozart!) in der Aula der Hauptschule »Pawel Kortschagin« in Wolmirstedt, müssten vor allem Westdeutsche (Kohl, Gorbatschow, Alice Schwarzer) ihrer Freude Ausdruck geben, dass es soweit mit dem Osten gekommen ist. Für die DDR nimmt ihr designierter Wirtschaftsminister W. Thierse die Glückwünsche entgegen.

Der Regionalverkehr der DDR müsste locker, jedoch zuverlässig mit dem Fahrplan der Deutschen Bahn verbunden sein. Sie müsste in sich all das Wertvolle, Schöne, Kostbare bewahren, was in den Jahren der Bruderschaft mit den Westdeutschen im Osten ankam. Z. B. den Günter Grass und die Charlotte Roche, die *FAZ* die *BamS* und Florian Silbereisen. Mit einem Wort: Die Freiheit.

Und was noch? Fruchtzwerge und Überraschungseier, mit denen alles begann. Die Banane. Die Papierwindel und dies und jenes, was sich die Bewohner der Dankbarkeits- und-Demuts-Region aber natürlich auch selber basteln könnten. Denn Arbeit wollen sie ja auch.

Die völkerrechtliche Subjektwerdung der DDR geschähe in Dankbarkeit und Demut. Deshalb der Name. Sie würde keine Straßen umbenennen und keine Gebäude niederreißen, seien sie auch noch so hässlich. Und all das, was die Westdeutschen in liebevoller Strenge für die Ostdeutschen abgerissen haben, würden sie nicht demonstrativ wieder aufbauen, schon gar keine Lenindenkmale. Die würde keinen ihrer Landsleute lächerlich machen, der in die BRD verliebt und inoffiziell für sie tätig war. Sie würde so was als »Verstrickung in das benachbarte Regime« bezeichnen, nicht schlimmer als eine überstandene Grippe. Natürlich würden die Ostdeutschen ein bisschen angeben: »Wir haben aus der Geschichte gelernt«, würden sie trompeten. Ihre Hymne wäre »Merci, Cheri«.

Bonn müsste wieder Hauptstadt sein, weil Berlin dann ja besetzt ist.

Die selbständige politische Einheit DDR, einschließlich West-Berlin, wäre ein Freistaat deutscher Zunge und genösse einen Viermächtestatus. Die Schutzmächte wären »der Bund«, also die Bundesregierung, in deren Obhut die zeitweilig in den Osten verzogenen Westdeutschen nach und nach zurückkehren, wenn sie den DDR-Einbürgerungstest vergeigen oder nicht rasch eine Scheinehe mit einem/ einer DDR-Bürger/ in eingehen. Die zweite Schutzmacht wäre Bayern. Von den Bayern kann man lernen, wie man einen Freistaat sauber hält. Dritte Schutzmacht – das Saarland, denn die Saarländer und Oskar Lafontaine haben Erfahrungen mit Repatriierung. Schließlich sollte man Nord-und Südkorea bitten, gemeinsam eine Schutzfunktion wahrzunehmen und an der DDR zu studieren, wie man wieder auseinanderkommt, wenn man versehentlich mal wiedervereinigt war.

Ein Problem wäre die Akademie der Künste. Sie ist mühsam wieder vereinigt worden, deshalb sollte man sie nicht mühsam wieder trennen. Das betrifft auch die Bergwacht. Und der ADAC? Um den wäre es schade. Dagegen wäre es schon hübsch, wenn die Ostdeutschen ihre eigene CDU wieder hätten. Ein Motiv für die allenthalben, besonders im Erzgebirge, spürbaren separatistischen Bestrebungen (z.B. der ETA, der Erzgebirgischen-Trennungs-Aktion) besteht darin, eine eigene CDU wieder zu bekommen. In Schwante könnte die ostdeutsche Sozialdemokratie neu entstehen und Matthias Platzeck zu ihrem Vorsitzenden machen.

Der erste Präsident der DDR würde wahrscheinlich Werner Schulz, weil es sonst keine Verwendung für ihn gäbe. Und Hans Modrow stünde einer Koalition der Nationalen Ertüchtigung vor. Aber das ist Zukunftsmusik. Ein großer Gewinn wäre ein Aufgehen des MDR im DFF der DDR (Intendant: Heinz-Florian Oertel). Ein Nachteil wäre, dass man Frank Schöbel und Ute Freudenberg jeweils mit einem kulturpolitisch relevanten Posten versorgen müsste, damit sie nicht mehr singen.

Von Anfang an gälte weder »Rückgabe vor Entschädigung« noch umgekehrt. Allerdings hieße die Losung des ersten Fünfjahrplans: Erst, wenn der letzte Wessi aus den ostdeutschen Grundbüchern gestrichen sein wird, wird er verstehen, dass man Grundstücke nicht essen kann.

Eigentlich ist also alles ganz einfach. Man muss nur wollen.

Mittlerweile veranstalten die Grundeinkommler Happenings wie früher die Atombombengegner oder die Leute, die Außerirdischen begegnet sind. Nur an populären Gesängen mangelt es. Bis jetzt gibt es nur den öden Vers: »Damit wir auch was abbekommen/ brauchen wir das Grundeinkommen.« Bald aber haben wir nicht nur einen Darmkrebsmonat der ARD, sondern wir feiern einen Sendeschwerpunkt Grundeinkommen, und in »Mein Mann, der Grundeinkommler« spielt Martina Gedeck eine Frau, die ihre amüsante Putzstelle aufgibt und sich auf Grundeinkommen umstellt, was ihr Mann, der Alkoholiker Robert Atzorn schon hinter sich hat.

Außerdem gibt es im Kinderkanal Spielshows, die neugierig auf den »Beruf« des Grundeinkommlers machen. In Dänemark arbeitet bereits ein Büro von Landschaftsarchitekten, die Gärten, Lauben, Wohnwagen, Wohnboote usw. für künftige Grundeinkommler entwerfen. In den USA schließen viele Eltern für ihre Neugeborenen keine Lebensversicherung mehr ab. Dort hat die Bewegung »Basic Income Guarantee« an Popularität gewonnen. Jeder zehnte Amerikaner glaubt, das Grundeinkommen würde im nächsten Jahr kurz vor Ostern eingeführt. Sie verwechseln da was – der Grundeinkommler-Weltkongress fand im Februar 2009 in New York statt.

Die Idee vom Grundeinkommen ist seit langem die

einzige, die dem Kapitalismus geschenkt wurde. (Er hatte noch eine andere, nämlich die, dass »jeder«, der ein bisschen Mumm im Gedärm hat, »immer wieder neu anfangen« und womöglich Millionär werden kann. Diese Idee reichte aus für 200 Jahre Kapitalismus. Aber das System hat sie selbst verraten – beispielsweise in Deutschland an eine abartige Form der Rente oder des Grundeinkommens – an Hartz IV). Das Grundeinkommen wird kommen. Denn es ist die einfache Lösung für das, was man früher den Widerspruch zwischen gesellschaftlich verausgabter Arbeit und privater Aneignung dieser Arbeit nannte. Es heilt die Achillesverse des Systems. Den ganzen Kladderadatsch ist der kapitalistische Staat dann los – Gewerkschaften und Tarifverträge, Sozialkassen, Renten- und Pensionskassen, Arbeitnehmermitbestimmung, Verantwortung für eine Bildung, die einigermaßen verwendbare Arbeitnehmer hervorbringt, Bereitstellung eines Gesundheitswesen, das die Arbeitsfähigkeit der Lohnabhängigen erhält usw. Das Grundeinkommen schafft die Revolution ein- für allemal ab. Denn wofür Revolution machen, wenn man ein Grundeinkommen hat, wenn man absolut frei ist (nicht nur doppelt frei wie bei Marx) und die totale Gerechtigkeit (Sofortberentung für alle nach Eintrag ins Geburtsregister) genießen kann?

Das Grundeinkommen ist das Ende der Geschichte und nun mal ernsthaft der Beginn eines tausendjährigen Reiches höchster kapitalistischer Effizienz: Mit minimalem Einsatz an Humankapital wird der Kapitalismus ungeheuren Reichtum, sagenhaften Überfluss produzieren. Die Kosten, die das Grundeinkommen verursacht, werden im Vergleich dazu geringfügig sein. Außerdem sind das gar keine Kosten, sondern versteckte Investitionen: Das Grundeinkommen ermöglicht den Konsumenten, am Leben zu bleiben und ihrer, neben der Fortpflanzung und der Aufzucht neuer Konsumenten, einzigen Lebensfunktion nachzugehen – zu konsumieren. Ein alle paar Jahre erhöhtes Grundeinkommen wird also gar nicht weh, sondern allen guttun.

Der Feldversuch am lebenden Objekt, Hartz IV, so ekelhaft er sich darstellt, ist wichtiger als alle Theorie, ist »praktische Bewegung« hin zum Grundeinkommen. Er beweist, dass mit einem Schlag sehr vielen Menschen die Arbeit genommen werden kann, ohne dass sie ein- und als Konsumenten verloren gehen. Er nötigt die Unternehmer, preiswerte Produkte guter Qualität auf den Markt zu werfen, sogar Autos, damit die Armen konsumieren können. Er sorgt dafür, dass nur aus Kapitalisten wieder Kapitalisten werden, denn an Hartz-IV-Empfänger werden keine Unternehmensgründerkredite ausgereicht.

Und wie steht es um die große Sorge der Grundeinkommler – die »Sinnfrage«? Brechen all die Berenteten etwa an Sinnmangel zusammen, wenn sie nicht zur Arbeit gehen können? Schlafen sie ein und sind tot? Einige ja, die sitzen sich Furunkel in ihren Fernsehsesseln. Viele jedoch sind agil und heiter, gehen sorglos der Schwarzarbeit nach und auf fröhliche Schnäppchenjagd. Und zweimal in der Woche lachen sie sogar.

WAS WÄRE, WENN ...

ich einen TOLERANZpreis erhielte?

Ich nehme keine Preise! Aber wenn – dann wäre ich beschämt: Tolerieren heißt dulden, heißt beleidigen, sagt Goethe. Vor allem irritiert mich, dass das Berliner Jüdische Museum, dass jüdische Gemeinden und Stiftungen Toleranz in verschiedenen Formen prämieren und bepreisen. Meinen sie, mehr als Duldung sei vom deutschen Antisemiten nicht zu erwarten? Alles andere würde ihn überfordern, und dann knallt er wieder durch? »Das Gute – dieser Satz steht fest – ist stets das Böse, das man lässt«, dichtete Wilhelm Busch. Da haben wir die Toleranz: Ich erschlage dich nicht, sagt Kain zu Abel, ich toleriere dich, zumindest bis zum Abendessen ... dann sehen wir weiter.

»Dieses laue Gefühl des Ekels, der Verachtung, des Mitleids – die Toleranz« (Harald Schmidt) wäre allerdings bei Roland Koch bereits ein zivilisatorischer Zugewinn. Bei ihm bricht der blanke Hass durch. Hass auf Menschen, die alten Frauen in der Straßenbahn nicht ihren Platz anbieten. Angenommen, er könnte sich zusammenreißen – und das kann er durchaus, wenn nicht eine Wahl bevorsteht, nach der es für ihn schlechter aussehen könnte als vorher – ... angenommen, er könnte sich zusammenreißen, dann hätte er einen Toleranzpreis verdient. Denn tolerant ist einer, der sich überwinden muss, der von Geblüt, Erziehung und Gesinnung das Recht ableitet, »eigentlich« den Daumen senken zu dürfen. Der sozusagen wider besseres Wissen seine Möglichkeiten nicht voll ausschreitet. Toleranz – ein Sieg über sich selbst.

Einen bezeichnenden Toleranzpreis erhielt der Tischtennisspieler Timo Boll aus der Hand des Innenministers. Boll hatte bei der Weltmeisterschaft in China den Schiedsrichter korrigiert, und zwar zu seinen Ungunsten – und verlor prompt die Partie. In der Laudatio hieß es, mit seiner vorbildlichen Niederlage habe Boll »für sich und sein Land hohes Ansehen gewonnen« – vor allem bei den siegreichen Chinesen. Er gilt, trotz seines Opfers, als »erfolgreichster nichtchinesischer Tischtennisspieler der Welt«. Offenbar starten Nichtchinesen beim Tischtennis in einer eigenen Klasse, sozusagen mit Handicap.

Vielleicht fällt das, was Timo vollbrachte, als er des Schiris Fehler nicht voller Ekel, Verachtung, Mitleid duldete, bereits unter die Lieblingsbeschäftigung der Deutschen, die Zivilcourage, für die es in allen vier Jahreszeiten so viele Preise gibt wie Leute, die sie verleihen können. Während sich die Duisburger Hip-Hop-Gruppe Poedra wirklich nur einen Toleranzpreis verdient hat, höchstens. Poedra »wendet sich gegen Gewalt«. Das kann ja jeder. Toleranzpreiswürdig aber wird Poedra, weil die Gruppe aus einem türkischen und zwei griechischen Musikern besteht. Die Künstler gehören also hierorts aufhältigen Landsmannschaften an, die gern alte deutsche Studienräte in der Münchener U-Bahn vermöbeln. Das tun die Poedra-Leute aber gerade nicht – Respekt! – sondern sie singen.

Außerdem hat der Kreisbeigeordnete André Kavai neulich den Preis für Toleranz und faires Miteinander an Schülerinnen und Schüler aus Maintal-Dörnigheim, Gründau-Lieblos, Schöneck-Büdesheim, Langenselbold, Schlüchtern und Steinau überreicht, die sich in ihren Schularbeiten hübsch über die Toleranz an sich geäußert und Zeichnungen angefertig haben.

Ich könnte, wenn ich überhaupt einen Preis entgegennähme, einen Preis für den Kant'schen Imperativ »leben und leben lassen« vertragen. Das ziehe ich durch – innerhalb gewisser Toleranzen.

ich vor GERICHT stünde?

Wer wünscht sich das nicht – einmal vor die Klassenjustiz gezerrt zu werden! »Herr Freisler«, würde ich dem Richter zurufen, »mich können Sie mit Bohnenkaffeeentzug und Handyverbot foltern – aber brechen können Sie mich nicht!« Häufige Erschleichung von Transportleistungen und Ladendiebstahl wären gute Anlässe; es wird oft übersehen, dass sie Akte des Widerstandes sind. Auch die Ausspähung der BND-Baustelle in der Chausseestraße würde mir gut zu Gesicht stehen.

Früher habe ich mir die theatralische Begegnung mit der Justiz gewünscht. Heute nicht mehr. Zwei Umstände vermiesen sie mir: Erstens wüsste ich nicht, wohin mit dem Kater während meiner Einkerkerung. Der zweite ist »der Deal«.

»Der Deal« ist die neueste Erfindung der deutschen Justiz, sich Arbeit vom Halse zu halten und Leute, die sich Verdienste um das System erworben haben und deshalb kriminell geworden sind, laufen zu lassen. Er ist ein Lieblingsprojekt der Sozialdemokratie. Er bedeutet, dass das Gericht bestimmte Schweinereien nicht mehr »ausermitteln« muss, insbesondere »in komplizierten Fällen«, der Wirtschafts- und Steuerstraftaten, in deren Rahmen sich Leistungsträger der Gesellschaft mit Vorliebe bewegen. Es reicht, wenn ein Ertappter einräumt, in seinem ansonsten verdienstvollen Leben »auch Fehler« und auch mal

»meinen größten Fehler« gemacht zu haben, auf Details aber aus Pietätsgründen ungern eingehen möchte. Auch »komplizierte Fälle« aus dem Völkerrecht, wie sie im stressigen Regierungshandeln schon mal unterlaufen können – Teilnahme an einem Angriffskrieg, Verletzung des Folterverbots, Freiheitsberaubung vermutlicher politischer Gegner – könnten nun »ausgedealt« werden. Niemand wird je erfahren, wie sich das Verbrechen wirklich abgespielt hat.

Ein Geständnis muss natürlich her. Es muss »umfänglich« sein, zum Beispiel Klaus Zumwinkel musste »lückenlos einräumen«, was ohnehin bekannt war. Parallel dazu grübelte er der Frage nach, ob er, seiner Verdienste ungeachtet, sein Bundesverdienstkreuz zurückgeben solle und ließ seine Skrupel die Agenturen wissen. Wenn ein Geständnis reicht, um zu einem Deal zu kommen, werden sich die ermittelnden Staatsanwälte auch nicht mehr so große Mühe geben. Schöner Witz am Rande: Falls der Angeklagte von der Strafe enttäuscht ist, die der Richter ihm gütlich vorschlägt, darf er sagen, dass sein Geständnis nur ein Scherz war bzw. er es nie gesagt hat und der Richter muss so tun, als habe er es nie gehört. Das wird natürlich für Humor in der Justiz sorgen.

In der Rechtsgeschichte einmalig und überaus phantasievoll ist die Begründung der Justizministerin für ihr Vorhaben, kurzen Prozess zu machen: Die Richter, noch fauler als die Lehrer, hätten das »eigentlich schon immer« so gemacht. Jetzt würde der kurze Prozess »aus den Hinterzimmern« in den Gerichtssaal geholt und ins Gesetz aufgenommen. Die Ministerialbeamten nennen den Gesetzesentwurf deshalb präzise »Legalisierung des Deals«. Das geschriebene Recht kapituliert vor dem Gewohnheitsrecht.

Bei Josef Ackermann, Peter Hartz und Zumwinkel hat das sozialdemokratische Verständnis von Buße (also Strafe) und Reue (also Trauer über »empfindliche Geldstrafen«) bereits Frohsinn ausgelöst und neuen Lebensmut geweckt. Denn der Gelderwerb ist für den Staat beim Deal ein schöner Nebeneffekt – nach dem Motto: Warum soll der Kerl sitzen, wenn er zahlen kann. Zumal das Geld ist, mit dem die Staatsanwaltschaften offensichtlich sehr frei wirtschaften dürfen.

Wenn »der Deal« kommt, will ich nun doch nicht vor Gericht. Ich fürchte, das Schweinesystem bietet mir Geld an, damit es mich los wird und – korrupt, wie ich nun einmal bin – nehme ich es auch. Diese Schmach will ich mir ersparen.

WAS WÄRE, WENN …

der KAPITALISMUS am Ende wäre?

Er ist es natürlich nicht! Was wir jetzt erleben, sagen seine Freunde in der Linkspartei mit vor Begeisterung geröteten Bäckchen, ist ja gerade seine ungeheure, grenzenlose, immerwährende Lernfähigkeit, seine Häutungstechnik, sein Talent, sich »immer wieder neu zu erfinden«, seine Leidenschaft für Selbstkritik, bis Blut kommt, und seine Offenheit (was sich »auf den Märkten« abspielt, versteht zwar keiner, aber zuschauen kann man vierundzwanzig Stunden lang live und in Farbe). Und seine wunderbare Brutalität: Er überlässt nicht nur täglich Tausende überflüssige Gestalten den Aasfliegen und Würmern, er vernichtet auch uralte Nationalstaaten mit einem Fingerschnipsen und ohne Blutvergießen. Island? Spanien? Brauch ich nicht mehr, sollten aber weiter ihre Folklore pflegen. Und noch vor dem Morgenschiss (geht der Kapitalismus scheißen?) löscht er mit einer lächerlichen Transaktion, von Computern womöglich automatisch ausgeführt, ganze Staatenbünde aus! Und wir, sagen seine Fans in der Linkspartei und greifen ergriffen einander bei den feuchten Händchen, wir dürfen dabei sein! Denn wir haben uns für ihn noch nicht überflüssig gemacht. Im Gegenteil.

Im Moment sieht es zwar so aus, als fräße der Kapitalismus sich selbst, einschließlich seiner Kinder. Hier indes, rufen seine Freunde in der Linken, und ihr Blick ist seltsam entrückt, hier ist die Dialektik von Wesen und Erscheinung »am Wirken«. Die haben wir traditionell intus, Hegelianer, die wir »eigentlich« sind. Deshalb haben wir und unsere Rosa-Luxemburg-Stiftung auch viel mehr Freude, ja regelrecht einen saftigen Genuss daran, dem Kapitalismus bei der Arbeit zuzugucken, als die anderen, die, blind für die Purzelbäume der Weltgeschichte, nur vor den Bildschirmen hocken und die Indizes der Märkte entziffern. Ja, sagen die linken Cheerleader des Kapitalismus, so mancher ist jetzt geneigt, dem Kapitalismus Insuffizienz zu unterstellen. Aber Wunschdenken ist gar kein Denken. Da heißt es beispielsweise, der Kapitalismus habe aus der Bankenkrise offensichtlich nichts gelernt und mache einfach so weiter. Ha! Und noch mal ha! Aus der Bankenkrise hat er gelernt, dass die Staaten, die mit ihren altväterlichen Etats, mit ihrem komischen Parlamentarismus und ihren wuselnden Kanzlerinnen die Banken gerettet haben, gar nicht gebraucht werden. Der Kapitalismus, hat er gelernt, braucht keine quasi Volksabstimmungen, um an Geld zu kommen. Auch wenn Brüssel »den Märkten« anbot, die Haushalte der EU-Staaten nun gleich selbst aufzustellen und die Abgeordneten der nationalen Parlamente solange mit was anderem (z.B. mit ethischen Fragen) zu beschäftigen – das ist doch nur der Versuch, eine Galgenfrist herauszuschinden!

Wenn der Kapitalismus plötzlich am Ende wäre, bräche Ratlosigkeit in der Kantine des Karl-Liebknecht-Hauses aus. Einige, die zu rasch sind und keine Hegelianer, würden vorschlagen, den Programmentwurf zu Rate zu ziehen, der vage die Möglichkeit eröffnet, in Sozialismus zu machen. Na gut, aber wie fängt man das an? Arbeitermädel und -buben auf die Arbeiter-und-Bauern-Fakultät? Schluckimpfung und Schwangerenberatung für alle? Nationalstaat mit Grenzregime (ohne die alten Fehler, Genossen!)? Erst mal nur im Sendebereich des MDR – oder gleich für Griechenland mit?

Nein, Genossen, zunächst müssen wir die offiziellen Trauerfeierlichkeiten für den Kapitalismus (eine Kommission unter Leitung von W. Thierse wurde eingesetzt) abwarten. Denn es war nicht alles schlecht. Man ist fast zwei Jahrhunderte und vor allem in den letzten zwanzig Jahren sehr gut mit ihm gefahren. Er hat zahlreiche Pöstchen abgeworfen. Vizepräsidentin des Bundestages – wo gibt es so was jemals wieder! Außerdem hat er das Internet erfunden, in dem Die Linke eine feine Homepage hat. Man ist ihm was schuldig, dem Kapitalismus: Die Linke bittet Thierse, »Unsterbliche Opfer« ins musikalische Begleitprogramm zu nehmen.

Dann finden Regionalkonferenzen statt, die das Verbot von Heuschreckenfonds diskutieren und eine schonungslose Aufarbeitung der jüngsten Geschichte fordern. Außerdem soll die Formulierung »abgestorbener, abgefaulter Kapitalismus« wieder in die Parteischriften aufgenommen werden. Gregor Gysi erklärt in einer lustigen Rede, eigentlich, wie ja alle wüssten, gar nicht dabeigewesen zu sein.

Und dann? Dann müssen wir mal weitersehen.

WAS WÄRE, WENN ...

wir BRANDENBURG nicht hätten?

Dann hätten wir auch das seltsame Sachsen-Anhalt nicht, dessen Städte sich zu flächenmäßig bedeutsamen Einheiten zusammenschließen und für sich mit der »Kultur der leeren Räume« um Touristen mit dem leeren Blick werben. Dann hätten wir das wegen seines Sandstreifens im Norden gern besuchte Mecklenburg-Vorpommern nicht, mit dem bekannten Schweriner Original Erwin Sellering an der Spitze. Und wir hätten den MDR nicht, ohne den der alte DDR-Bürger nie und nimmer zu einem neuen Menschen gereift wäre. Thüringen wäre zwar noch Thüringen, besiedelt von hinterhältig-leutseligen Menschen mit dem Thüringer-Gen, aber nicht das Thüringen, dem Bernhard Vogel den Hauch der Freiheit über die befichteten und betannten Bergrücken geblasen hat. Und von »Sachsens Glanz« könnten wir nicht schwärmen, sondern müssten sagen »Glanz der Bezirke Chemnitz und Dresden«. Die Frauenkirche wäre die Attraktion einer Bezirksstadt, wenn es sie überhaupt gäbe.

Die DDR (das den jungen Lesern) hatte keine Länder, keinen Länderfinanzausgleich, und Bildung war nicht »Ländersache«, sondern Staatsräson. Das ist der Unterschied von föderal und diktatorisch. Nicht nur Deutschland wurde in ganzer Schönheit wiederhergestellt, sondern auch die Länder. Bis heute weiß niemand im Osten, warum und was das sollte. Als ob man nicht auch mit Bezirken

Föderalismus hätte spielen können! Zwei Gründe sind zu vermuten: Es sollte alles wieder sein »wie früher«, bevor der deutsche Kapitalismus einen Weltkrieg vergeigt hatte. Denn die Kommunisten/Russen hatten – das kann heute jeder im Internet lesen – die alten Länder »zerschlagen« kurz und klein gehackt. Die westdeutschen Beamten konnten unmöglich zu Abteilungsleitern beim Rat des Kreises Löbau degradiert werden. Biedenkopf wäre nicht Vorsitzender des Rates des Bezirkes Dresden geworden. Und wenn – dann nur im Parteiauftrag.

So entstanden fünf kleine Königreiche, in denen man es bei Hofe, wenn man aus dem Mutterlande herbeieilte – zu was bringen konnte. Die dort eingeschlafenen Kanzleiseelen erwachten hier und stellten bundesdeutsche Ordnung über das vierzig Jahre lang abtrünnige Drittel des Vaterlandes her. Die künftigen Landeshauptstädte waren verstopft von den rauschend daherschreitenden Herren in den langen Mänteln.

Zuerst bediente man sich willfähriger Bezirksverweser. Sie lösten alles auf und kontrollierten die Inventarnummern an den Büromöbeln. In Potsdam vollzog das Jochen Wolf, ein Sachse, der in Potsdam die SPD gründete, ihr vorstand und zwischen all den Aufbauterminen zweimal versuchte, seine Gattin (eine sogenannte Altlast) blutig aus dem Wege zu räumen.

Dann kamen die Landesregierung und mit ihr die Herren Stolpe, Platzeck, Schönbohm und die Fähigkeit, vermittels subtilen Regierungshandelns in buchstäblich allen Ressorts Chaos und Unheil anzurichten, wie es sie im Bezirk Potsdam nicht an einem einzigen Tag, den Gott werden ließ, gegeben hatte – allerdings damals unter der blutigen Diktatur von Günther Jahn, um nur den letzten von Moskaus Schergen zu nennen. Sagenhaft war die Verwirrnis im Umweltministerium des Platzeck, ihm mussten ständig ordnungspolitische Aufpasser neben den Schreibtisch gestellt werden. Er überzog das Land mit überdimensionierten Kläranlagen. Die Schule funktionierte praktisch gar nicht mehr. Die Gesundheitsversorgung brach zusammen. Ein Großprojekt des kapitalistischen Aufbaus nach dem anderen blieb als Ruine zurück. Nur die Karrieren der Ministerialbürokraten machten Fortschritte. Daneben natürlich die justizfeste Übergabe ostdeutschen Grund und Bodens an plötzlich auftauchende westdeutsche Anspruchsberechtigte. Außerdem konnte man sich auf die Stasi-Behörde und auf die Versorgung mit Grundnahrungsmitteln verlassen. Dann kam die Flut, und alles hätte gut werden können …

Heute verlangt das Land Brandenburg vor allem Heimatliebe. Der Liebe zur heimatlichen Furche ist eine Kampagne der Regierung nach der anderen gewidmet. »Der Brandenburger« als fleischgewordener Liebender wurde geboren. Es ist der Ministerpräsident selbst, der sich beispielhaft in ekstatischer Hingabe an »die Mark« verzehrt. Liebe haben die Bezirke Potsdam, Cottbus und Frankfurt/Oder eigentlich nie verlangt. Doch ohne Liebe – was für ein trostloses Leben!

WAS WÄRE, WENN …

die SCHARIA zu Deutschland gehörte?

Lothar und Ulli, mit denen ich den Donnerstagabend in einer Muckibude in Weißensee bzw. im Buena Vista in der Bizetstraße verbringe, wundern sich, warum ich so geschwollen frage. Ich soll doch einfach sagen, wenn ich was zu laufen hätte, wäre ja nicht zum ersten Mal, dass ich ihnen ein Schweigegelübde abnähme. Ob sie denn hübsch sei, die Kleine (Ulli sagt »die Schnecke«), und ob ich denn bescheuert sei, was mit einer Türkin anzufangen, wo man da doch gleich die Neuköllner Brüder (Ulli sagt »die ganze Mischpoke«) auf dem und ihre charakteristischen Messer am Hals habe.

Nein, sage ich, die Scharia habe es in sich. Oho!, sagen sie, das höre sich ja interessant an. »Habt ihr ignoranten Wichte denn den Wulff nicht gehört?«, frage ich und weihe sie in die politische Großwetterlage ein: Der Herr Bundespräsident hat zum Tag der Befreiung am 3. Oktober eine lauwarme Rede gehalten, die von geschwollenen Metphysismen überquoll; »Wunder«, »Dankbarkeit« und »Glück« wechselten in beachtlicher Schlagzahl. Aber er stand ziemlich unter Druck. Weil er seit seiner Wahl praktisch nichts gearbeitet hatte und sich die Deutschen schon fragen, wofür er sein Geld bekommt, wollte er mit der Rede eine Art Fleißarbeit abliefern. Idealerweise sollte sie eine sog. Debatte auslösen, noch besser einen sog. Diskurs, zumindest wollte er damit in die Feuilletons kommen. (»Aha«, sagte Ulli, »ein bisschen auf die Kacke hau'n.«) Deshalb griff er zu einem Trick: Er erklärte die Integration der Ossis kurzerhand für erledigt– wobei nicht ganz klar wurde, ob erfolgreich erledigt oder einfach abgebrochen – und verkündete die Absicht, künftig restlos alle hierzulande ansässigen Muslime integrieren zu wollen, koste es, was es wolle. Sinngemäß schränkte er ein, dass diese Leute nur, bitteschön, nicht ihre Frauen verhauen und ihre Schwestern erstechen sollen. Dann der verhängnisvolle Satz: Der Islam gehört zu Deutschland wie die Siebenten-Tags-Adventisten, die Vertriebenen, Kampfhundehalter und Veganer.

Die Leserschaft bestimmter Blätter ist seitdem nicht mehr zu beruhigen, und es ist zu befürchten, dass sie bald auf allen Palmen respektive Koniferen im Abstandsgrün sitzen.

Im Internet kotzen sie sich aus. Zwischen 60 und 100 Prozent fordern die Ersetzung Wulffs durch Sarrazin auf dem Präsidentenstuhl und knappe 120 Prozent teilen ausdrücklich nicht die Ansicht, dass der Islam zu Deutschland gehöre – im Gegenteil: Er gehört raus. Vor allem wegen der Scharia. Und siehe da: Diesen Leuten muss man nicht erklären, was (also nicht »wer«) die Scharia ist!

Ein relativ komplexer Zusammenhang – etwa so kompliziert wie der Zusammenhang von Leitzins und Tageszins – wird in bestimmten Blättern gehandelt wie Großmutters Alltagswissen. Nämlich der, dass der Islam nicht einfach ein Aberglaube ist, sondern ein staatliches, politisches, gesellschaftliches und moralisches System. Die Todestrafe auf das Abnudeln von Lena-Meyer-Landrut-Titeln und erst recht auf Puffbesuch, Ehebruch mit Legehennen und Witze über den Propheten wäre – wenn der Islam zu Deutschland gehörte – geltendes Recht auch in Berlin-Weißensee. Mit Steinigung auf dem Antonplatz und allem Pipapo!

Da lachen der Lothar, der Ulli und ich und verschlucken eine Runde Kurze. Dunkel erinnere ich mich, dass es in Wulffs Deutschland bereits Richter gegeben hat, die Gewalt in einer türkischen Ehe mit der Begründung tolerieren wollten, das sei eben islamisches Recht. Aber das erzähle ich ihnen nicht. Doch dass ein wichtiges Prinzip der Scharia der Brauch ist, Gleiches mit Gleichem zu vergelten, das erzähle ich. Ulli lebt auf. Er ist vor zwei Wochen von seinem Vermieter grob in die Türfüllung geschubst worden – es ging um sein Fahrrad im Treppenhaus. Das nagt an ihm. Er freut sich auf die Aussicht, dem Kerl Gleiches mit Gleichem vergelten zu können.

Die beiden beschließen, Wulff einen Brief mit dem Satz »Herr Wulff, Sie sind auch unser Präsident!« zu schreiben. Doch als ich ihnen sage, dass Wulff die Neigung hegt, solche Sätze bei Staatsakten zu zitieren, lassen sie von ihrem Vorhaben ab.

WAS WÄRE, WENN ...

die VeränderungsVERWEIGERUNG um sich griffe?

Sie hat ihr Gutes, sie stiftet einen seltenen Konjunktiv »… wenn sie um sich griffe«. Der ist allerdings geschönt, denn sie greift bereits. Wo immer Angela Merkel dieser Tage auftaucht, um in Stadthallen ihre holprige Standardrede vor der lokalen CDU-Klientel zu halten, stehen ihr, kaum ist sie aus dem Wagen gekrochen, Veränderungsverweigerer vor dem Leib herum, fitte Senioren und Seniorinnen in aktuellem Outdoor-Outfit, Reflektorbändchen an Armen und Fußgelenken, Stullenpäckchen und Thermosflasche im Rucksäckchen verstaut, Trillerpfeife im Mund und – zumeist unerklärliche, nichtsdestoweniger lodernde – Wut und totale Bereitschaft zur Nichtveränderung im Blick. Verjüngte Alte kann man sie nennen, denn sie sind hier, um die Demo-Kultur ihrer Jugend wieder aufleben zu lassen, was auf jeden Fall die geselligere Variante einer Kaffeefahrt oder einer Schiffsreise auf der Donau ist.

Die Kanzlerin fragt dann jeweils den christdemokratischen Lokalfürsten, gegen welche etwaigen Veränderungen es denn diesmal gehe. Das ist oft gar nicht so genau auszumachen, weil häufig mehrere Nichtveränderungen gleichzeitig auf der Tagesordnung stehen. Am Dienstag in Lübeck fuchtelten die Leute gegen die lange Brücke nach Dänemark, die sogenannte Fehrmarnbeltquerung, mit den Fäusten. Andere wollten ihr Renteneintrittsalter nicht verändert sehen, aber andererseits auch nicht nach Dänemark schwimmen, und wieder andere wüteten gegen eine Verlängerung von Laufzeiten. »Welche Laufzeiten, welche Route?«, fragte die Kanzlerin, denn sie selbst läuft auch nicht so schrecklich gern. Und alle diese ehrlichen Veränderungsverweigerer erklärten ihr Nichtveränderungsprojekt als ihr ganz persönliches »Stuttgart 21«!

»Stuttgart 21« ist jetzt die Chiffre für das, was früher gelegentlich Revolution genannt wurde. Der Sturm auf das Petrograder Winterpalais 1917 durch die Leninschen Horden – was war er anderes als ein »Stuttgart 21«?

»Stuttgart 21« ist die knallharte Kampfansage an die herrschende politische Kaste, gern auch auf Stadtteilebene. Es ist in jedem Fall die Drohung, sich freistehende Bäume auszusuchen – mit Bäumen geht es fast immer los –, von deren Nichtfällung der Fortbestand der Natur, der Erhalt »unserer gefühlten Identität«, der schönen Kindheitserinnerung und der Demokratie abhängt. Einmal in der Baumkrone angekommen, bekommt dann die Losung »Wir bleiben oben« eine lässige Sinnfälligkeit, wie sie kein linker Schlachtruf im letzten halben Jahrhundert erreicht hat.

In »Stuttgart 21« ist auch die liebenswerte Marotte der Ossis dialektisch aufgehoben, die bekanntlich vor mehr als zwei Jahrzehnten mit Einbruch des Feierabends am Montag gemeinschaftlich plaudernd und scherzend durch die damals noch volkseigenen Städte zogen.

Veränderungsverweigerer kann man sie in der Rückschau zwar nicht nennen – schließlich haben sie die Veränderung der Eigentumsverhältnisse in ihren Städten möglich gemacht. Dennoch gehört »Wir sind das Volk« zu jedem »Stuttgart 21« dazu, und immer, wenn die rasende Veränderungsverweigerung etwas zu erlahmen droht, beschließt ein harter Kern von Veränderungsverweigerern, sie als Montagsdemo zu institutionalisieren: »Montags immer Nerven sägen – aber nicht die Bäume«, steht dann im Kalender.

Und dabei nicht den »Witz des Volkes« aus dem Auge verlieren! Das Volk ist nämlich jederzeit ziemlich witzig. Manche kommen in lustigen Verkleidungen und haben die Gitarre dabei. Uralte Spontisprüche fliegen von Mund zu Mund wie Kusshändchen des Widerstands. Die Idee, bürgerschaftlich auf Kommando in Trillerpfeifen zu blasen, hat einen Charme, der die lokale politische Klasse nackt aussehen lässt und wahrscheinlich als Audio-Dokument eines Tages im Bonner Museum für BRD-Geschichte abrufbar sein wird.

Das staatstragende Feuilleton rätselt, ob das nun immer so weiter gehen wird. Baumfällungen, die lokale Bürgerkriege auslösen, die Verlegung einer Bushaltestelle, die mit der Besetzung des Wartehäuschens beantwortet wird (mit Kinderbetreuung)? Könnte der Führer heute den Bau der Autobahn in Angriff nehmen, ohne an der Veränderungsverweigerung der Stuttgarter Halbhöhe zu scheitern? Werden von Berlin-Schönefeld aus jemals Flugzeuge starten, wenn Kleinmachnower Wessis mit Selbstmord drohen? Ja, natürlich Segelflieger! Oder es gelingt, die Maschinen ausschließlich über den Ghettos der Unterprivilegierten an- und abfliegen zu lassen. Sonst, bitteschön, Baustopp und Heiner Geißler!

WAS WÄRE, WENN …

wir DABEI wären?

Am Mittwoch fand bei der Bundeskanzlerin abermals ein Integrationsgipfel statt. Eine Art Rapport, wie man hörte. Man wollte wohl die Leichen zusammensammeln, die am Rande der von Sarrazin losgetretenen Rasssendiskussion liegengeblieben waren. Bekanntlich war die öffentliche Erörterung der Frage, welche Rassen wir in Deutschland dulden wollen, »längst überfällig« gewesen, und wir haben sie der wissenschaftlichen Unbestechlichkeit dieses Eugenikers und den dienstfertigen Leitmedien zu verdanken. Außerdem sollte es beim Gipfel darum gehen, das vollständige Schulversagen von Kindern fremdrassiger Herkunft auf das Schulversagerniveau von arischen Kindern »herunterzubrechen« (Vorlage: Ministerin Böhmer).

Wenn es trotzdem kein Rassengipfel oder Fremde-Kulturkreise-Gipfel gewesen sein sollte (Seehofer beispielsweise macht lieber in Kulturkreise als in Rassen), dann war es auf jeden Fall ein Gipfel der Minoritäten, die sich über ihren jeweiligen Glauben definieren. Boykotte von Kirchen und Verbänden gab es diesmal keine.

Meine Glaubensrichtung – »Religion« will ich ausdrücklich nicht sagen – war jedoch wieder nicht dabei, war wieder nicht geladen, wurde von der politischen Klasse wieder – methodisch, wie ich argwöhne – ignoriert. Meine Glaubensbrüder und -schwestern und ich kommen in dieser Gesellschaft überhaupt nicht vor, leben in finsterster Diaspora und wohlweislich ohne öffentliches Bekenntnis. Wir haben keine Kirchen und keine Feiertage, fressen und saufen ohne Katechismus und meiden religiöse Waschungen. Wir gehen nicht auf Kirchentage, wo es sowieso nur hässliche Frauen gibt. Eigentlich reden wir nur im World Wide Web miteinander. Oder in unserem illegalen Samisdat »Der Antichrist«. Im Alltag erkennen wir einander an der scheuen Ironie, wenn wieder ein Minister bei seiner Vereidigung säuselt »So wahr mir Gott helfe!« oder morgens im Deutschlandfunk ein Pfarrer onaniert. Und nun also wisset: Ich bin Atheist!

Unsere Minderheit ist die größte in Deutschland, die größte in Europa, die größte in der Welt. Aber eben Minderheit. Auf dem Kontinent leben die prozentual meisten von uns in Schweden, dem Homeland der Schwedenpornos. Aber wenn wir dereinst unser eigenes Israel erschaffen müssten, dann würden wir unsere Kibbuzim in Japan errichten, dem atheistischsten Land der Welt.

Im Selbstverständnis des deutschen Staates existieren wir überhaupt nicht (aber natürlich für das Finanzamt). Die Ignoranz schmerzt und radikalisiert zugleich. Hätte nicht der berufsmäßige Freund aller Götter und Religionen, Christian Wulff, dekretieren müssen: »Deutschland ist christlich-jüdisch. Aber auch der Islam gehört dazu. Vor allem jedoch schätzen wir die Kultur, die Werte und das dialektisch-wissenschaftliche Denken und den Fleiß unserer Atheistinnen und Atheisten«? Nichts davon, kein Wort!

Unser Leben hierzulande ist schwer. Unsere Gefühle werden oft verletzt. Manchmal wird uns »automatisch« Kirchensteuer abgezogen. Das ist, als würde uns zwangsweise die Vorhaut amputiert. An kirchlichen Feiertagen sitzen wir zu Hause und betrinken uns oft bis zu einem Stadium, in dem selbst wir anfangen zu beten. Wir werden diskriminiert: Ich könnte nie Reporter bei Bild werden, ohne einem Aberglauben anzugehören. Politik und Medien versuchen immer wieder, uns zu missionieren und in die Kirchen zu treiben, um uns zu lehren, wie man unbefleckt empfängt. Unsere Steuergelder werden breit auf Kirchenfunk, theologische Fakultäten, Kindergärten und Schulen für kleine Christen und auf das christliche Begräbnis unserer (zwar getauften aber im Herzen) atheistischen Freundin Loki Schmidt verstreut. Wir sind von Kreuzen umstellt, vor allem am Kamener Kreuz. Es wird uns immer wieder gesagt, dass es diesen gewissen HERRN gibt. Aber wenn wir herausschreien, dass wir auf jegliche Götter scheißen, begehen wir Verfassungsbruch.

Der Atheismus muss endlich als Nichtglaubensgemeinschaft gesetzlich mit den anderen religiös definierten Minoritäten gleichgestellt werden. Unsere Propheten Karl Marx und Ludwig Feuerbach dürfen nicht durch Karikaturen lächerlich gemacht werden. Wir beanspruchen Sitz und Stimme beim Integrationsgipfel und einen Stuhl im Stiftungsrat für Vertreibung und Rennsteigwandern. Wenn nicht, werden eines Tages eure Gebetsimmobilien brennen. Oder wir geben beim nächsten Integrationsgipfel ein Päckchen an der Pforte ab.

WAS WÄRE, WENN …

ER ihnen in die Hände fiele?

Wie wir Kommunisten mit Verrätern umgegangen sind, weiß ich. Wenn die FDP Vergeltung nur halb so blutig betriebe, wäre es noch blutig genug. Ist es naiv zu hoffen, dass der Liberalismus ein großes Herz hat und Nachsicht übt? Gehört das Verzeihen nach stattgehabter Buße nicht eher in die christliche Hutschachtel? Ich fürchte, der deutsche Liberalismus mit dem Antlitz Westerwelles und Lindners ist besonders konsequent und ahne auch, warum: Nicht aus Rache, sondern weil die Freiheit so ein verletzliches Pflänzchen ist, das ganz leicht im Eisewind des Verrats erfrieren kann.

Gestern war ich am »Info-Point« in der FDP-Zentrale, die von der Parteiführung gern »Freiheitsladen« genannt wird. Es herrschte die blanke Hysterie. Blasse Jungen kamen herein und schrien unvermittelt die Wände an: »Wenn wir den erwischen!«

»Wen?«, fragte ich (früher habe ich immer »Wer-Wen?« gefragt).

»Wenn wir das wüssten, aber dann …!«, schrie mich ein anderer an, und der erste ergänzte trocken mit einem ziemlich poetischen Satz: »Dann hätte er ausgehaucht!«

Vermutlich gibt es im Thomas-Dehler-Haus einige junge Männer, die bereit wären, dem Verräter den Hals umzudrehen. Wenn es schon am »Info-Point« derart rappelt, wie muss es erst im Gedärm der Zentrale zugehen! Es ist die

Parteizentrale der »kurzen Wege«, denn wenn es um die Freiheit geht, muss auf Zuruf entschieden werden können. Das heißt, Westerwelle, die Homburger, der Lindner und, wenn er da ist, der Niebel, sind nur durch halbhohe Pappwände getrennt und belauern einander rund um die Uhr.

Soviel ist inzwischen in der politischen Kaste in Berlin bekannt: Fast alles, was auf Wikileaks über deutsche Politiker zu lesen ist, stammt aus einer einzigen, sehr engagierten Quelle – die forschen, zum Teil humorigen Charakterisierungen der Merkel, von Schäuble, Seehofer und anderen. Besondere Mühe scheint sich der Spitzel indes bei der Beschreibung des FDP-Personals gegeben zu haben. Als ob er mit denen eine Rechnung offen hätte, so pointiert geht er zu Werke. Westerwelle ist mit den Adjektiven, die seinem Namen jetzt vorangestellt werden, weltweit politisch erledigt und müsste als Außenminister zurückgezogen werden. Niebel ist nicht nur politisch, sondern als Person »tot«. Nur einer aus dieser Clique kommt in der Beurteilung auffällig gut weg, wird gar als aufsteigender Stern der deutschen Politik gehandelt …

Aus der US-Botschaft »sickerte durch«, dass ihr bester IM ein Spitzenfunktionär der FDP sei. Das sickerte natürlich nicht durch, sondern wurde »gestreut«: Die Amerikaner wollen ihren Stall sauber halten – was können sie dafür, wenn sich ein übereifriger, ehrgeiziger Jungpolitiker ihnen mit allerlei Latrinengeschwätz als Quelle aufdrängt! Die Amerikaner sorgen auch für Details: Jener Junghase (die Homburger nennt ihn nur noch »das Schwein«) habe an den Koalitionsverhandlungen 2009 teilgenommen und wörtlich an die Amerikaner berichtet. Er sei sogar eine Art Protokollführer und »entzückt« über dieses Amt gewesen. Seitens der FDP haben neun Leute an den Koalitionsverhandlungen teilgenommen. Jung war davon nur einer, bemerkenswert jung sogar …

Brüderle hat am Mittwoch vorgeschlagen, »bestimmte Leute in der Parteiführung« sollten eine eidesstattliche Erklärung abgeben. Dann könne man den Spion wenigstens wegen Falschbeeidung ins Gefängnis stecken. Der Vorschlag blieb jedoch in der allgemeinen Hysterie stecken. Als ich am »Info-Point« freundlich fragte, wer denn bei den Koalitionsverhandlungen seitens der FDP der Protokollant gewesen sei, wurde mir für mein freiheitliches Engagement gedankt und ich wurde um Verständnis gebeten – man müsse jetzt schließen, der Kammerjäger komme.

Vielleicht lassen sie ja Milde walten. Schließlich hat »das Schwein« ja nicht an den KGB verraten, sondern an den besten Freund, den es für einen Liberalen gibt.

WAS WÄRE, WENN ...

die BAHN wieder führe?

Seit besagter Konferenz, von der nicht wenige Leute meinen, sie habe in Luxemburg stattgefunden, wird einem ungebeten Bescheid gestoßen. In der Kaufhalle, also im Supermarkt, brüllt einer, schon wegen dem Dioxin müsse der Kommunismus her, und zwar avanti! Wer denn, bitteschön, das Zeug, das der Kapitalismus zusammenpansche, noch fressen solle. Der Mann wurde von Rentnerinnen niedergezischt und von der Kassiererin gebeten, »einen Blick« in seinen Beutel zu gestatten.

In der Regionalbahn, im Zug nach Eberswalde: Stimmt, versichern einander zwei träge Frauen mit vom System und seinem Fraß furchtbar entstellten Körpern, stimmt, die Bahn »bei uns im Osten« war fürchterlich! Und dreckig! Aber mit ihr zu fahren, kostete fast nichts, vergleicht man es mit heute. »Ein bisschen teurer hätten wir sie machen müssen«, sagt die eine. Wir! »Dann wäre sie auch besser gewesen, nicht so wie heute.« Dann klappt die eine die Lider runter. Dann auch die andere. Eine preiswerte Bahn, die funktioniert und sauber ist– sollte das so einfach sein? Wenn ja, dann wäre eigentlich Kommunismus fällig.

Die Bahn, die dem kapitalistischen Staat gehört, hat jetzt einen atemberaubenden Modernisierungsschritt angekündigt. Im Frühjahr 2013 wird es »spürbare Verbesserungen im Fernverkehr« regnen. »Wenn ich's noch erlebe«, pflegt meine betagte Schwiegermutter bei Langzeitprognosen zu ergänzen und klopft dreimal auf Holz. Was bis dahin geschehen soll? Nun, »große Anstrengungen« werden unternommen, wie bis jetzt auch.

Wie sieht die »Modernisierungsoffensive« aus? Doppelstockwagen vom Regionalverkehr, mit denen die beiden Frauen nach Eberswalde – schlimmer noch: nach Schwedt – gondeln, sollen die ICE-Flotte verstärken und 160 km/h erreichen, wahrscheinlich »farbenfroh« angestrichen. Denn sie sind zwar alt, aber die ICE sind älter!

Die Doppelstockwagen der Regionalzüge sind eine Zumutung für jegliches lebende Material, einschließlich Läuse und Pflanzen. Auf dem Bahnhof Bernau heißen sie Proletenschleuder (es gibt auch noch schlimmere Namen). Sie sind das Minimum an Mobilität, das man Leuten, die »frühmorgens auf den Beinen« (Angela Merkel) sind, zubilligt. Sie riechen nach Klo von vorn bis hinten. Wenn die Dinger bremsen, stinkt der Bahnsteig nach heißem, rostigem Eisen. Auf der sogenannten Eselsbrücke (es gibt noch schlimmere Namen), einem Zwischendeck zwischen unten und oben, kann man nicht durch die Fenster sehen. In der dunklen Jahreszeit teilen sich zwanzig Passagiere eine funzelnde Leuchtstoffröhre. Im oberen Stock ist es so eng, dass man gezwungen ist, mit dem Sitznachbarn zu transpirieren. Nur an wenigen Plätzen ist es möglich, Kleidungsstücke aufzuhängen. Die Menschen dampfen in ihren Outdoorjacken. Einige Sitzreihen sind wie für einen Gefangenentransport angeordnet. Sie zwingen zu einer regungslosen, schmerzhaften Sitzhaltung. Personen über 1,75 lichte Höhe können nicht an den Außenseiten sitzen – es sei denn, sie halten permanent den Kopf schief – und kaum im Gang gehen. Es ist dreckig, klebrig und speckig und über den Achsen so laut wie bei einer Fahrt auf offener Ladefläche. Gespräche sind nur möglich, wenn man schreit. Aber es gibt keine Gespräche. Die Art der Beförderung, die rüde Herablassung des Staatsbetriebes gegenüber Leuten, die »frühmorgens auf den Beinen sind«, die vollständige Abwesenheit von Zweckmäßigkeit, von Zuwendung in Form und Funktion, von Schönheit zu schweigen, macht stumm, gleichgültig und böse. Dafür wird man in Englisch begrüßt und mit der Fanfare zu »Jetzt kommen die lustigen Tage«.

Kürzlich fuhr ich mit einer Freundin aus der Schweiz im Regionalzug. Als wir den Hauptbahnhof verließen, schnatterte sie noch. Doch dann verstummte auch sie. »So still sind die Leute in keiner Bahn der Welt«, sagte sie. Sie schiebt das auf die Diktatur. Ich fahre diese Strecke zweimal täglich. Da macht man sich über die, die »früh auf den Beinen sind«, keine Illusionen.

Mit diesen Wagen will die Bahn in die zweite Hälfte des zweiten Jahrzehnts dieses Jahrhunderts starten. Eine ungeheure Investition, nach der dann sicherlich so bald nichts mehr kommt. Die alten ICE will sie »in Reserve« halten.

Wenn also die Bahn bald wieder führe, und zwar – welch kecke, ja witzige Innovation! – mit ollen Doppelstocklern: Was führe dann nach Schwedt und Wriezen? Viehwaggons?

WAS WÄRE, WENN ...

die WAHLEN wiederholt werden würden?

Und zwar die zur Volkskammer der DDR vom 18. März 1990. Und zwar wegen schweren Wahlbetrugs. Dem Scheine nach ist damals alles rechtsstaatlich verlaufen. Die sagenhaften 93,4 Prozent Wahlbeteiligung wurden erreicht, ohne dass jemand ins Wahllokal genötigt werden musste. Keine Rentnerin wurde von fröhlichen Jungpionieren an der Wohnungstür aufgefordert, sich »für die friedliche Zukunft von uns Kindern« an die Urne zu schleppen. Parteisekretäre der SED-Grundorganisationen in den Betrieben hatten erstmals keine »Vorfeldarbeit« mehr zu leisten, bei der notorische Wahlverweigerer auf den Pfad der Tugend gewiesen wurden. Allerdings konnte sich auch niemand mehr eine neue Badewanne, einen Urlaubsplatz an der Ostsee oder einen Trabi-Auspuffkrümmer erpressen.

Es ging ungeheuer vielfältig zu. Man konnte beispielsweise erstmals feministisch, konsequent feministisch und sogar radikal feministisch wählen, womit sich ein langer Traum der DDR-Bevölkerung, den sie in der Nacht der Diktatur geträumt hatte, erfüllte. Die internationalen Beobachter, vor allem aus der westdeutschen Bundesrepublik, fanden keine Mängel: Die Wahlkabinen waren erstmals blickdicht, und es lag ein gespitzter Bleistift in ihnen. Besser ging es nicht.

Betrug war es doch. Nicht nur, dass eine ausländische Macht ungeniert Wahlkampf auf dem Wahlgebiet geführt und dabei Obst, Würste, Fruchtzwerge und ADAC-Formulare in die Menge geworfen hatte. Diese ausländische Macht koordinierte und finanzierte auch die Wahlkampfzentralen aller größeren Parteien, es sei denn sie standen links von der Sozialdemokratie. Geschenkt! Aber der Wahlzettel war falsch. Auf ihm hätte stehen müssen: D-Mark ja oder nein?

Das letzte Begrüßungsgeld hatte eine westdeutsche Sparkasse im Dezember 1989 an DDR-Bürger ausgezahlt. Es war gleich am Auszahlungstag für Produkte draufgegangen, wie man sie heute in Läden der Ein-Euro-Kette findet. Meine Nachbarin lud mich an dem Abend des Tages, an dem sie 100 Westmark geschenkt bekommen hatte, in ihre Wohnung ein, um ihre »erste richtige Klobürste« mit Aluminiumgriff vorzuführen. Sie hatte elf DM gekostet und lag »ganz anders in der der Hand«.

Inzwischen war ein schmerzhafter D-Mark-Mangel in den Haushalten spürbar. Die Kinder fragten morgens ihre Mama, warum sie wieder Buchenteer-Sirup aus Zörbig auf die Stulle träufeln sollten. Man wusste, dass man nicht noch einmal begrüßt werden würde, jedenfalls nicht zu seinen Lebzeiten. Dieser Perspektive galt es schleunigst abzuhelfen. Und so erteilten die DDR-Bürger den bis dahin herrschenden angeblichen Kommunisten eine schmerzhafte Lehre – in angewandtem Materialismus.

Unlängst erklärten viel mehr Ostdeutsche, als damals die neue Währung gewählt haben, sie würden ein Leben im Sozialismus diesem sogenannten Leben, also ihrem Randdasein in der Demokratie, vorziehen. Tatsächlich: Sie sollten sich spaßeshalber zwischen Demokratie und Sozialismus entscheiden, und für einen Spaß sind sie immer zu haben. Als sie zu fast 100 Prozent den Sozialismus wählten, werden sie wohl gedacht haben »aber einen mit Südfrüchten,

32 Kaffeesorten und Westautos«. Und dann haben sie es den Meinungsforschern gegeben: 20 Jahre haben sie gebraucht, um den Schwindel von damals zu durchschauen.

Allerdings können die Wahlen vom 18. März 1990 nicht wiederholt werden, denn zahlreiche Wähler, die sich damals böse vertan haben, stehen nicht mehr in den Wählerverzeichnissen, und Lothar de Mazière, Wolfgang Schnur und Ibrahim Böhme nicht mehr zur Verfügung. Der Weg, das Wahlergebnis von damals zu revidieren, wird also steinig und lang, vor allem, wenn wir ihn unter Führung von Sigmar Gabriel gehen.

WAS WÄRE, WENN ...

wir uns mal ganz DUMM stellten?

Wir – das ist die virtuelle globale Kommune der guten Menschen, der Linken, der Wissenden, der Gerechten, der *junge Welt*-Leser, der Tierschützer, der Fahrradfahrer, der Programmkinobesucher, der Karl-Marx-Leser und Hermann-Hesse- bzw. »Der kleine Prinz«-Leserinnen. Wir, das sind diese lächerlichen, zumeist schlecht angezogenen Figuren, die erst kürzlich eine so schwere Niederlage erlitten haben, wie sie nur alle 200 Jahre vorkommt. Und die trotzdem manchmal noch, wenn der Schlaf nicht kommen will, »Wir sind die stärkste der Partei'n« vor sich hinsummen, mit Apostroph.

Man sieht uns in diesen Tagen einhergehen mit eigentümlich erfrischten Gesichtern. Mancher Mundwinkel, der in den letzten zwanzig Jahren den Brustwarzen entgegenzuwachsen drohte, lüpft sicht wieder (die Brüste natürlich nicht mehr, das zu hoffen, hieße zu glauben, und glauben tun wir nicht): »Hast du schon gehört«, fragen wir einander und die Schadenfreude entwirft kleine lustige Kringel auf unsere Stirnen. Ja, wir haben schon gehört. Alle wissen es: Der Kapitalismus ist zu Ende. Es stand schon in der Zeitung. In der *Berliner* und auch schon in der *FAZ*. Im Radio sind plötzlich Reporterfragen an einen gewissen Hans-Werner Sinn erlaubt, wie: »Müssen wir von einem Scheitern des kapitalistischen Systems ausgehen?« Marx-Zitate kollern durch alle Blätter, die up to date bleiben wollen.

Man kommt durch keine Talkshow mehr ohne einen flotten Marx auf den Lippen. Kraftvolle Metaphern, die alle beschreiben, wie der Kapitalismus schlußendlich am Arsch ist. Wer von den Kolumnisten was auf sich hält, erfindet noch welche hinzu. Zum Beispiel dieses aus dem »Brief an R. Moshammer« (MEW Bd. 38): »Wenn der Bourgeois gemerkt haben wird, dass Derivate und Destillate nicht adaeque (Lat. für »dasselbe« – Wedel) sind, wird er mit seinem Latein am Ende sein.«

Selbst Westerwelle wird weich. Er schlägt vor, im Falle einer Revolution Marx neben Genscher als Ehrenvorsitzenden seiner Partei zu benennen, um die Klientel der verarmten Spekulanten bei der Stange zu halten. 70 Prozent der FDP-Wähler – so Spiegel online – sind auf einmal für die Verstaatlichung von Schlüsselindustrien und für sofortige Bodenreform! Bald wird ihnen Marx zu lasch sein, und sie werden Lenin bzw. Günter Mittag zitieren.

Hei, das ging überraschend schnell! Aber was kommt nun?

Wir wissen natürlich, was nun kommen muss. Mehr noch: Wir wissen es genau (genauer als Marx es jemals wissen wollte). Wir wissen sogar, welche Fehler auf einer Liste von eins bis 1000 wir ums Verrecken nicht noch einmal machen dürfen. Kurz und gut: Die neue Gesellschaft, die wir im Auge haben, sie wird absolut fehlerfrei und nach einer kurzen historischen Übergangsfrist fix und fertig sein!

Aber sollten wir das sagen? Oder sollen wir stumm und mitleidig zusehen, wie die Bürgerlichen im Nebel stochern? Die *Berliner Zeitung* schlägt vor, es nach dem Zusammenbruch des Ausbeutungssystems mit einem moralischen Ausbeutungssystem zu versuchen. Ha, da stehen wir drüber, denn erst kommt das Fressen, dann usw. Die *Financial Times* liebäugelt mit einem Kapitalismus der Handarbeit und der Manufaktur und einem »lebensprallen« Wochenmarkt mit den Kräutern aus der Region. Es ist nur eine Frage von Tagen, dass der »religiöse Sozialismus«, über den Marx herzlich lachen konnte, sein verweintes Antlitz erhebt. Nur schade, dass es das Proletariat nicht mehr gibt, sonst könnte es im Vorwärts auch noch ein System vorschlagen (Räterepublik?).

Wir aber sollten die Klappen halten und uns lieber mal ganz dumm stellen. Natürlich nur aus taktischen Gründen. Von Brecht wissen wir, dass es unattraktiv macht, immer schon eine Antwort parat zu haben. Wir können jedoch den Kommunismus nicht alleine errichten, sondern brauchen Verbündete.

Also: Wenn uns einer fragt, was nach dem Zusammenbruch des Systems geschehen soll, dann antworten wir: »Gute Frage!« Natürlich nicht gemeinsam – das fiele auf –, sondern jeder an seinem Platz.

WAS WÄRE, WENN ...

KINDER mal ausblieben?

Kinder sind süß. Aber wehe, man sagt dem Kinde, es sei ein kleines, verrotztes, krakeelendes, verschlagenes und leider trotz des Einsatzes von Penatencreme mal wieder gerötetes Arschloch und Keimträger ersten Ranges – dann ist aber was los! Nur wenige Exemplare, die so hässlich auf die Welt kamen, dass sie keine bewundernden Tantenschreie ernten konnten (sondern höchstens: »Ganz der Papa!«), werden autarke Persönlichkeiten und kommen nach oben – wie Pofalla, Generalstaatsanwältin Monika Harms oder Günther Beckstein.

Eine Anzeigenkampagne, hinter der die Bundesregierung steckt, erzählte kürzlich doppelseitig, was für Ekelbatzen Kinder doch sein können, und – zwinker, zwinker – wie lieb »wir« sie trotzdem haben. Kinder und Hunde gehen immer; mit Hunden kann man jedoch keine Wahl gewinnen. Alle Parteien setzen für den nächsten Bundestagswahlkampf voll auf Kinder, und zwar in Gestalt des »Bildungsthemas«. Nur Die Linke findet Prekarier, die morgens um neun mit der Flasche an der Kaufhalle stehen und riechen, anscheinend noch süßer.

Das macht alle, die ihr Berufsleben bestreiten, indem sie fremdes Geld verbrauchen, munter. Meistens nennen sie sich »freie Träger«, wobei nicht klar ist, was sie tragen. Sie nehmen nicht nur, sondern sie geben auch – zumeist »zu bedenken«. Ihr Vokabular wandert zwischen »katastrophal«

und »desaströs«. Hört man sie, dann ist seit dem Kriegsende keine einigermaßen brauchbare Kindergeneration mehr auf die Welt gekommen aber in diesem Jahr – egal, in welchem – ist es »besonders desaströs«. Ein Drittel der Berliner Kinder kann nicht auf einem geraden Strich gehen, ohne abzustürzen. Ein anderes Drittel – dasselbe? – verwechselt alle Grundfarben und kann Pferde nicht von Elchen unterscheiden. Noch nie konnten so wenige Kinder schwimmen wie heute, sagt der Verband der Bademeister und ehrenamtlichen Schwimmlehrer. Selbst wenn man die Frühchen und Säuglinge abrechnet, bleibt immer noch der Eindruck, die nächste Generation könne sich unmöglich über Wasser halten und stehe in Gefahr, schon in knietiefen Löchern zu ertrinken. Denkt man sich die »heftigen Regenfälle« hinzu, die der Hauptfeind Klimawandel über den Kindern niedergehen lassen wird, ist die Katastrophe eigentlich absehbar.

In größter Gefahr, in Pfützen zu ertrinken, stehen insbesondere dicke Kinder, und dicke Kinder – das ist das Schlimmste, was dem Gemeinwesen nach der Ausmerzung von TBC und Keuchhusten passieren konnte. Dicke Kinder genieren sich, öffentlich zu schwimmen und werden oft von Eltern »gedeckt«, indem sie vor allem den Söhnen eine akute Menstruation für den Lehrer schriftlich geben.

»Desaströs« ist die Musikalität der Kinder, mahnt der Landesmusikrat, von dem man bei dieser Gelegenheit erfährt, dass es ihn gibt. Kaum eines will noch Waldhorn blasen oder Harfe lernen. Wenn nicht bald Geld in die musikalische Bildung wandert, werden dicke Kinder in Pfützen ertrinken, ohne wenigstens »La Paloma« pfeifen zu können. Abgesehen davon, haben sie »ein gefährliches Medienverhalten« und »erschreckend« lückenhafte Pilzkenntnisse, von ihren Fähigkeiten zur Baumbestimmung zu schweigen.

Außerdem werden sie natürlich groß und CDU-Wähler, Finanzbeamte, Ehebrecherinnen, Ladendiebinnen, Radiomoderatoren und Geisterfahrer. Können sie bis zu einem gewissen Alter noch »mit dem Herzen sehen«, wie der Kleine Prinz in der Jungfrauenliteratur, und werden ob dieser Eigenschaft von schlichten Gemütern »an die Macht« gewünscht, ist es damit auch bald vorbei und sie greifen zur Zwecklüge. Der süße Finn z.B. (18 Monate) schüttelt auf die Frage »A-a?«, deren Bejahung ihn auf den Topf zwingen würde, fröhlich das goldbelockte Haupt – und schon birst die Windel.

Das alles ist furchtbar. In dieser Situation mit der »demografischen Katastrophe« (und natürlich wieder mit dem Klimawandel) zu drohen und die Bevölkerung zu vermehrter Fruchtbildung aufzurufen, ist unverantwortlich. Eigentlich hülfe nur eines: Die Frauen sollten ein Jahr lang mit Gebären und die Männer mit dem Zeugen aufhören, damit die Lage sich beruhigen kann und wir den Schwimm-und Musikunterricht wieder aufbauen, sowie die Defizite in der Esserziehung und in der Baumbestimmung beseitigen können.

Eine einfache Lösung – aber das sagt die Politik natürlich nicht.

WAS WÄRE, WENN ...

es MICH erwischt hätte?

Warum musste ich auch den Hauptbahnhof nehmen, ich hätte doch am Gesundbrunnen in die U-Bahn umsteigen können! Vor der Frequentierung des Hauptbahnhofes wurde gewarnt – fern aller Hysterie natürlich. Schon als der Innenminister den Anschlag ankündigte – den »mutmaßlichen Anschlag«, was immer das sein soll –, sagte er zwar zahlreiche Wörter, aber eigentlich nur »Hauptbahnhof«. Die Journalisten hatten verstanden. Fortan setzte die Bild- und Tonberichterstattung vom Hauptbahnhof ein: die Waffen, die schusssicheren Westen, die »nicht sichtbaren Maßnahmen« usw. Der Polizeichef absolvierte die allgemeine Lagebeurteilung fürs Fernsehen auf dem Hauptbahnhof, von der Mittelebene. Den Hauptbahnhof konnte man sich an allen fünf Fingern ausrechnen: vor Merkels Bürotür!

Auch das Volk hatte verstanden. Am Donnerstag Morgen war ich fast allein auf dem Hauptbahnhof, ich und die Sicherheitskräfte, die nicht sichtbare Maßnahmen durchführten. Heute morgen nun hätte ich besser in Gesundbrunnen umsteigen sollen. Es geschah zwanzig nach acht.

Ich habe nichts gespürt und nicht gelitten. Es traf mich in den Rücken. Ich war nicht allein, soviel habe ich noch mitgekriegt, bevor ich in Teile zerfiel. Mein letzter Gedanke galt nicht meiner Frau, sondern meinem Kater Josef – ich hatte, als ich losfuhr, vergessen, ihm sein Kellerfenster aufzumachen. Es ist wie es ist. Man muss auch verlieren können …

Aber nun habe ich eine Bitte: Ich möchte nicht am Staatsakt teilnehmen! Nicht mit den anderen im Berliner Dom in einer militärischen Linie liegen, mit einer Fahne viel zu warm zugedeckt, die ich nicht leiden kann. Ich hasse den Berliner Dom. Ich will das Deutschlandlied nicht hören, auch nicht in der Fassung für traurige Streicher. Ich verabscheue das Deutschlandlied, weil es der Gassenhauer einer Besatzungsmacht ist. Wenn ich das Deutschlandlied zwangshören muss, kann ich für nichts garantieren. Ich will nicht die Pfaffen sehen müssen. Jetzt, wo ich tot bin, werde ich doch ohne alle Rücksicht sagen dürfen, dass mir Religion zuwider ist, das kann man doch einem Attentatsopfer nicht verdenken. Ich möchte ums Verrecken nicht der Merkel begegnen, der Merkel im kleinen Schwarzen. Das wäre grausamer als der Tod. Ich werde daliegen und denken, wozu bin ich denn eigentlich gestorben, wenn jetzt auch noch die Merkel über mich kommt. Oder ist das schon die Hölle? Ich möchte sie nicht sagen hören, dass Deutschland aus dieser schweren Prüfung gestärkt hervorgehen wird, zumindest was den Exportüberschuß mit den USA betrifft. Ich will nicht diesen Guttenberg in der Nähe meiner sterblichen Überreste haben, diesen saftenden Emporkömmling, der die Gelegenheit nutzen wird, hechelnd allen alle Wunden zu lecken! Und nicht Wulff, der sagen wird, dass auch die Attentäter zu Deutschland gehören! Und nicht die Sozis, die alle wie Peter Struck in seinen schlechtesten Tagen gucken und mal wieder nichts außer Bahnhof verstehen. Die musste ich schon im Leben ertragen. Jetzt will ich nicht mehr. Und Claudia Roth, die natürlich weint und sich schreiend über den erstbesten Sarg wirft, und das ist meiner. Ihr Deo hat versagt, aber es gibt Schlimmeres.

Das ist nicht mein Staat, und ich will nicht von ihm betrauert werden.

Aber kann ich mich ausschließen? Ist das nicht unsolidarisch gegenüber den anderen, für die das womöglich der Höhepunkt ihres Lebens ist, im Fernsehen zu sein, »Ich hatt' einen Kameraden« geblasen zu bekommen, von Wulff mit Vor- und Familiennamen genannt zu werden, das eigene Begräbnis bezahlt zu kriegen, ohne dass es den Hinterbliebenen auf das ALG II angerechnet wird?

Jedenfalls: Wenn Sie im Fernsehen hören: »Wir trauern um die Opfer außer einem, der seine Teilnahme abgesagt hat«, dann wissen Sie: Der bin ich.

WAS WÄRE, WENN …

die STAHLTRÄGER fehlten?

Und dieser substanzielle Mangel unentdeckt bliebe? Dann fiele der Kölner U-Bahn wahrscheinlich irgendwas ein. Wir aber, mit unstillbarem Drang nach Verallgemeinerung begabt, wüssten fortan gesichert, dass Baulichkeiten, bei denen die Stahlträger fehlen oder der Beton gestreckt wurde, früher oder später nachgeben, der Gravitation, der Schneelast oder einem lächerlich kleinen Wind.

Heute morgen um 8.26 Uhr erklang die Nationalhymne der DDR in der Fassung des Erich-Weinert-Ensembles der NVA. Ich hatte sie im Autoradio, für höchstens zehn Sekunden, als ich das Gerät nach einem erträglichen Programm absuchte. Vielleicht Studenten im Uniradio, die rumgealbert haben. Oder der Polizeifunk, die machen auch solche Späße. Oder vielleicht doch Radio Eins (ein durchweg jämmerliches Angebot von grauenhafter Launigkeit) auf RBB? Dann wäre es Sabotage gewesen (oder die Diversion eines Diversanten, wie man früher sagte). Dann alle Achtung.

Sabotage ist nicht, wenn was zusammenfällt oder ein Morgenprogramm formatinadäquate ästhetische Angebote macht. Dass die U-Bahnbauer (und zwar nicht die angeheuerten Arbeiter, sondern die Ingenieure, Leiter, Gutachter, womöglich Beamte) zwei Drittel der zum Verbau vorgesehenen Stahlträger beim Schrotthändler verscheuerten, war aus ihrer Sicht eine gute Idee. Sabotage war es nicht.

Zur Sabotage wird eine nur kriminelle Tat erst, wenn man sich etwas dabei denkt. Kriminell sein kann jeder – Saboteur nur einer, der sich was dabei denkt.

Er muss denken können, aber intelligent sein muss er nicht. Das ist ja das Schöne – es gibt keine Einstiegshürde, jedermann/-frau steht die Welt der Sabotage frei und offen. Die Tat muss gedanklich der Staatsmacht oder dem Gesellschaftssystem gewidmet sein und natürlich beträchtlichen materiellen Schaden anrichten – oder eben einen kaum messbaren Schaden, dabei aber einen hohen Aufmerksamkeitswert (widerständische Schadenfreude) erreichen, wie die zehnsekündige Zonenhymne im Westsender für die Brandenburger. Sabotage ist also eine Motivtat. Das Motiv belegt, dass hier nicht etwa »ein Fehler unterlaufen« ist.

Gute Sabotagefälle sind selten geworden, weil die Repressionsfunktionen der Gesellschaft verschleiert sind und die »Schuld« für Unglück auf die Individuen verteilt ist. Nur dort, wo das System die Menschen unmittelbar drückt, kommt es zu Sabotage. Argen werden demoliert oder auch nur die Blattpflanzen umgestellt, Pfandleiher werden ge- bis erschlagen, Schulen brennen ab oder Feuerlöscher werden in den Korridor entleert, in Pflegeheimen machen Alte mit diebischer Freude unter sich (auf das Motiv kommt es an!).

Aber die Erinnerung an eine differenzierte, blühende Sabotagekultur ist lebendig. Während aller zwölf Jahre des »Dritten Reiches« band Sabotage beträchtliche Kräfte der Staatsmacht. Sabotage war eine der wenigen Äußerungsformen widerständischer Leute. Flugzeuge starteten nicht, Granaten explodierten nicht, Waffen und andere Güter kamen nicht an der Front an. Die Sabotage von Rüstung ist der Idealtypus der Sabotage: als Folge der Tat kommen keine Menschen zu Schaden – im Gegenteil; der materielle Schaden ist beträchtlich; der Tat ist ihr politisches Motiv direkt ablesbar; wenn der Saboteuer nicht ertappt wird, ist es fast unmöglich, die Tat von einem Fertigungsfehler zu unterscheiden.

Es spricht nichts dagegen, das Ende des Krieges auch heute auf diese Weise mitzubestimmen. Dem entgegen steht in Deutschland allerdings ein dummer, nur hier anzutreffender Facharbeiterethos: Der Deutsche will auch das Mordinstrument in präziser Schönheit herstellen. Außerdem muss man im Sabotagefall damit rechnen, wie ein schäbiger Krimineller behandelt zu werden – warme politische Gedanken nimmt das Strafrecht gar nicht zur Kenntnis. Mit dem Ausruf vor Gericht: »Es ist mein Menschenrecht, den Krieg zu beenden« wird man nicht weit kommen.

Neulich sprang am Alexanderplatz wieder einer vor die Bahn. Fünfhundert Leute standen auf dem Bahnhof und schwiegen böse oder lachten oder erzählten, was sie heute abend kochen würden. Einer ging umher und raunte: »Sabotage! Seht nur, wie empfindlich er das System an seiner schwachen Stelle trifft!« Empfindlich traf er nur uns, denen die Füße gefroren. Und das System Bahn bricht an seinen schwachen Stellen auch ohne Sabotage jeden Tag zusammen. Falls der Mann, der gesprungen war, nicht nur ein armer, verzweifelter Kerl war, sondern »ein Zeichen setzen« wollte, hat er es diesmal besonders schlecht angestellt. Der Aufstand der Arbeiter, Soldaten und Webdesigner ist jedenfalls ausgeblieben.

WAS WÄRE, WENN ...

die PRESSE gleichgeschaltet wäre?

Gleichgeschaltet darf man »eigentlich« nicht sagen, es ist ein Pfui-Wort. Denn es stammt aus einer Zeit, als die Deutschen einem sehr bösen Mann zuliebe vieles tun mussten, von dem sie hinterher sagten, dass es keinen Spaß gemacht habe. Gleichgeschaltet darf man nicht einmal denken.

Vor allem aber darf man nicht denken, dass die Presse (die Medien) ohnehin gleichgeschaltet sei. Denn zum Beispiel gibt es ja das Internet, wo jeder die Nachrichten von *Spiegel* oder *Bild*, auch das *Bild-Girl*, auf den Bildschirm kriegen und dazu sagen und schreiben kann, was er will. Im Prinzip wird man allerdings den Eindruck nicht los, dass alle dasselbe schreiben oder senden (ein paar Ausnahmen mal beiseite), was wohl daran liegt, dass alle Leser, Hörer und Zuschauer ein tiefes gemeinsames Interesse eint: schönes Wetter.

Trotzdem – zur richtigen Gleichschaltung gebricht es an einer Behörde. Noch nie machte sich ihre Abwesenheit so schmerzlich bemerkbar wie in diesen Wochen und Jahren (bis 31.12.2010, null Uhr), für die regierungsseitig umfassende, unaufhörliche Feierlichkeiten und zahlreiche Besinnungstage angesetzt sind. Es flutscht einfach nicht. Wir haben bald November, und die Mauer fällt zum 20. Mal – doch die Kampagne will einfach keine Fahrt aufnehmen. Noch immer haben keine Kollektive den Kampf um den Namen Bärbel Bohley aufgenommen. Alte IM haben sich nicht neu geoutet. Außer der ekligen Geschichte des Stanislaw Tillich gibt es eigentlich keine Neuigkeiten, die die DDR noch ein bisschen schrecklicher erscheinen lassen. Aber wer weiß – vielleicht werden ja in der Nacht vom 8. zum 9. November noch Kinderleichen in einem ehemaligen Ferienlager der Jungpioniere gefunden.

Die Leserschaft will die Opfergeschichten jetzt schon nicht mehr haben. Es sind ja die Opfer, die nun schon fast zwanzig Jahre lang über den Bildschirm hüpfen. Die Leute wollen den Jubelkram nicht, die Dankbarkeitssülze. Die Wessis nicht, weil mit dem Mauerfall ihr Elend begann, die Ossis, weil sie in das nächste kamen. Die Auflagen und die Quoten leiden, die Annoncenkunden werden zickig.

In Berlin kann man schön beobachten, was passiert, wenn eine Kamera oder ein Mikrofon auftaucht – die Passanten stieben auseinander! Bloß nicht noch einmal stammeln müssen, wie schön jetzt die Freiheit ist und wie schlimm es war, das Leben auf Bajonetten und annähernd ohne jegliche Banane! Am Alex verstecken sich Reporterknechte hinter den Bilderwänden der regierungsoffiziellen Propaganda-Ausstellung zum Mauerfall und stürzen sich aus der Deckung auf Hausfrauen, Betrunkene und Rentner.

An den Weihestätten der Revolution – Marienborn, Marienfelde, Bernauer Straße, Stasiknast Höhenschönhausen, Bautzen und Bendler Block – lungern nur Schulklassen aus Bayern und Journalisten herum. Täglich muss eine »frische« Widerstands- oder Fluchtgeschichte ins Blatt. Am besten, einer erzählt, wie er schon beim ersten Fluchtversuch erschossen wurde, es dann aber aus Freiheitsdrang noch einmal versuchte und heute wieder im Osten wohnt und seine IMs schikaniert.

Eine ideologische Kommission könnte die Partei-Journalisten sofort zu dieser Drecksarbeit verdonnern – und das als besondere Ehre verkaufen. So aber müssen andere

Druckmittel her. In einer *Berliner Zeitung* liefern Autoren Gruselstorys, die ihre baldigen Entlassung aus dem Vertrag als Frei-Fester kommen sehen. Oder Mitarbeiter, die als IM enttarnt wurden, demonstrieren auf diese Weise volle Verwendbarkeit. In einer anderen Redaktion wurde zunächst das Zeilenhonorar für diese »Stoffe« erhöht. Seit das aber der Betriebsrat spitzgekriegt hat und Gleichbehandlung einfordert, ist man dazu übergegangen Tankgutscheine, Präsentkörbe und Türkei-Reisen als Prämie zu vergeben. Ein für seinen flotten Ton geschätztes Organ hat für den Themenbereich »Montagsdemo bis Wiedervereinigung« eigens eine Kollegin befristet bis Ende 2010 eingestellt, um den Rest der Redaktion von diesen Zumutungen freizuhalten. Sie heißt intern »die Ostnutte« und sagt selbst über sich: »Eigentlich reicht meine Schreibe nur für 20 Zeilen über Umleitungen und Schlaglöcher. Neulich aber hatte ich eine Seite 3 über einen Mann, der seine sieben Kinder an die Kommunisten verloren hat und sich daraufhin zur Frau umoperieren ließ.«

Wenn die Presse gleichgeschaltet wäre, könnten die Zeitungen untereinander ihre Beiträge auch austauschen – gibst du mir deinen Tunnelbau, gebe ich dir den Mauersprung auf Stelzen. Denn selten lesen die Leute zwei Tageszeitungen. Und selbst wenn, das komische Gefühl »das habe ich doch schon irgendwo gelesen« ist ohnehin nicht zu vermeiden.

WAS WÄRE, WENN ...

wir alle die STEUER beschissen?

Waren wir jemals frei? Ich meine, nicht absolut frei – das ist ein Kindertraum. Ich meine das Minimum: frei von Diktatur, frei von einer Instanz, die uns nicht nur das Leben vorschreibt, sondern die es auch belegt wissen will, die es uns in Pauschalbeträge umrechnet, die uns Geld einzieht, für Leben, das noch gar nicht gelebt wurde, als Vorauszahlung, die das Leben mit Versäumniszuschlägen überzieht – nicht für versäumtes Leben (das ist der Diktatur egal), sondern für die Lückenhaftigkeit des Fahrtenbuchs, die Unstimmigkeiten in der doppelten Buchführung und weil schamlos Atemzüge an der Behörde vorbei getätigt wurden.

Ja, diese winzige Freiheit hatten wir, einige Monate im Jahre 1990. Von irgendwoher haben wir noch Geld bezogen, zumeist Abfindungen, oder gingen irgendwelchen Tätigkeiten nach, für die es Bares gab. Wir gaben es aus, wie wir es hatten. Niemand war da, dem wir was vorrechnen mussten. Einige, die besten, haben es geschafft, bis weit ins Jahr 1992 hinein frei zu leben und für Meldeämter unauffindbar zu sein.

Doch dann sagte plötzlich einer am Tisch, an dem wir bis in die Nacht hinein gezecht hatten: »Kann ich die Rechnung haben?« Nein, nicht begleichen wollte er sie, nur haben. Wegen der Werbungskosten. Werbungskosten? Ab jetzt waren wir verpflichtet, für uns zu werben und dabei Kosten zu verursachen. Und zwar nicht, um Bürostühle zu besitzen, sondern um die Steuerlast zu mindern. Die Suche nach Möglichkeiten, die Steuerlast zu mindern, ersetzten von nun an die Suche nach Gott und die Arbeit für die Weltrevolution. Der Glaube, dass man die Aufwendungen für Faxpapier (Fax war der Westen schlechthin) erstattet bekommen könne, sofern behördenfeste Belege für dessen Anschaffung vorzuweisen wären, war stärker, als der Glaube an sich selbst.

Von nun an lebten wir in einer Welt, die keiner – keiner, wie Steuerexperten beteuern – vollends versteht. Nicht, weil sie unendlich ist, wie die richtige Welt. Schon gar nicht, weil sie unendlich schön ist. Sie ist endlich und hässlich. Sie ist der institutionalisierte Hinterhalt. Sie ist die Falle, die Drohung. Nicht, dass wir zahlen müssen, ist die Zumutung, sondern dass wir das Zustandekommen der Forderung niemals durchschauen werden und die Summe deshalb immer Willkür bleiben wird.

Was ist ein Ehegattensplitting? Es ist der Niedergang der Zivilisation und ein Institut, dass Menschen, die einander lieben oder nicht, zwingt, sich gemeinsam veranlagen zu lassen. Eines furchtbaren Tages schrieb mir mein Steuerberater – ein Herr Teufel aus Stuttgart – dringlichst, es sei hohe Zeit für mich, Eigentum zu bilden und wolle ich nicht verarmen, oder aber den ruhmlosen Steuertod sterben. Er riet mir zu Schiffsschrauben bzw. zu Roggen in Russland bzw. Filmbeteiligungen in Hollywood. Übrig blieb ein Bauvorhaben auf einem Dorf bei Berlin, das bis heute in Gestalt einer überwucherten Baugrube zu besichtigen ist, jedoch – glücklicherweise! – ungeheure Verluste verursachte.

Später riet mir der Steuerberater, dem Finanzamt jährlich beträchtliche Investitionen anzukündigen – Turmdrehkräne, Catering-Busse, Zirkuszelte, Tonstudios – die mich auf dem Papier arm rechnen aber im Leben reich machen sollen. Wenn ich Glück hätte, sagte er, stürbe ich, bevor die Behörde die Zirkuszelte sehen wolle.

Heute ist viel von Steuerkürzungen die Rede. Das ist natürlich Unsinn. Von den Reichen abgesehen, bescheißt niemand die Steuer, um sich zu bereichern. Wir tun es, und wir tun es alle, um uns innerhalb der Diktatur etwas frei zu fühlen (laue Illusion!). Wir tun es blind, ahnungslos und staunen, dass das System genauso reagiert.

WAS WÄRE, WENN ...

sich der FASCHISMUS »auf dem Tanzboden aufschaukeln« würde?

Wer den (west)deutschen Heimatfilm der 50er und 60er Jahre kennt, den überrascht das nicht. »Der Tanzboden« ist ein sehr deutscher Ort. Dort kämpfen sportlich gewachsene, gutaussehende Altnazis – Holzfäller, Kleinunternehmer, Skifahrer oder Kameraden der Bergwachten – für ihre wirtschaftlichen und sexuellen Interessen und stellen verletzte Ehre wieder her. Sie kommen geradewegs aus den Schützengräben und Kriegsgefangenenlagern, aber das erwähnen sie nicht mehr. Sie sagen nicht, woher sie kommen, sondern sie kehren nach langer Zeit zurück. Es besteht hoher Regelungsbedarf in der Kommune: Das Gesetz der Moral liegt über dem Tanzboden wie der vermutlich permanente Schweiß-, Kotz- und Schnapsgeruch. Hier trägt die Volksgemeinschaft aus, »was sich schickt« und was verboten ist. Kameradschaft und Wahrhaftigkeit und das Einhalten einmal gegebener Versprechen (Schwüre, Ver- und Gelöbnisse, kurz zuvor erst auf den inzwischen gefallenen Führer) schaffen den Zusammenhalt des gemütvollen Mobs. Der jeweils guteste Bub' kriegt am End' das liebeste Madel, doch zuvor passiert so allerhand. Aus schierer Verzweiflung über (zumeist irrtümlich vermutete) Untreue der Dorfschönen darf der guteste Bub' einmal schwer besoffen sein, wobei ihm die Locken naß in die Stirn hängen und er sich kompensatorisch einmal am

Dorfluder (wahrscheinlich bis vor kurzem ein »Amiflittchen«) vergreift, was der Dorfschönen natürlich zu Ohren kommt und sie nun ihrerseits (prinzipiell unbegründet) am moralischen Standard, sozusagen am Kernbestand deutscher Tugenden, beim Helden zweifeln lässt.
Zu diesem funktionierenden Gemeinschaftsleben, dem Faschismus im Wartestand, gehören unveräußerlich drei besonders widerliche Elemente: erstens der Alkohol als »Tröster«, der – zweitens – den Humor hervorbringt (der Trinker als lustig anzuschauende Figur) und drittens die »volkstümliche« Musik, die den Marschbefehl erteilt, auf Anhieb fidel zu sein. Die Fidelitas auf dem Tanzboden ist das aggressive Gemeinschaftshandeln der Volksgenossen – Frauen, Kinder, Alte und wundersam unversehrt gebliebene junge Männer. Auch ein Endsieg ist ausgelobt – das Gute wird gewinnen.
Und nicht nur nicht selten, sondern mit dramaturgischer Folgerichtigkeit bricht vom Tanzboden aus der Mob abrupt zu heldenhaften Handlungen auf. Mit landwirtschaftlichem Gerät bewaffnet und im Schein der Fackeln formiert sich die plötzlich stocknüchterne Dorfgemeinschaft spontan paramilitärisch. Schöne, klare, männliche Kommandos fliegen durch die Nacht, alte Männer kriegen Glanz in die Augen, es kommt zu rührenden Szenen ziviler Aufopferung. Es gilt, eine Jungfrau aus einer Felsspalte zu befreien oder das Böse zu jagen. Die Kirchenglocke bimmelt wie verrückt. Sie wäre gern eine Sirene.

Manchmal, kurz bevor die Liebenden final einander herzen, tritt von außen die Staatsmacht auf – ein Gendarm aus der Stadt oder ein Oberregierungsrat – und sagt, dass das Lynchen in Ordnung ging. Eine Nebenrolle. Im (ost) deutschen Heimatfilm aus Mügeln hatte sie vor einiger Zeit der Innenminister des Freistaats Sachsen, ein Herr Buttolo, übernommen. Er hat das bürgerschaftliche Lynchen der Inder – also der Neger, also der Fremden, also der Bösen –, die gewöhnlich auf dem Mügelner Markt Hausschuhe, Gürtel und Hosenträger feilbieten, an Ort und Stelle als solidarisches Gemeinschaftshandeln aus der Feierlaune heraus gedeutet. »Das war offensichtlich etwas, was sich auf dem Tanzboden aufgeschaukelt hat«: Alkohol, Eifersucht, eine sächsische Dorfschöne war aus den Fängen eines zigeunerhaften Hausschuhhändlers zu retten. Und die Musik spielt dazu »Lebt denn der alte Holzmichl noch«. Plötzlich war das ganze Nest auf den Beinen, um die Werteordnung wieder herzustellen.

Rufe aus der Kolonne, wie »Deutschland den Deutschen« und »Ausländer raus«, deuteten nicht auf einen rechtsextremen Hintergrund hin, sagte der Minister. Sondern auf gar keinen Hintergrund. Sondern einfach auf super Stimmung auf dem Tanzboden.

WAS WÄRE, WENN ...

in der DDR die Kinder nicht sexuell missbraucht und körperlich misshandelt worden wären?

Als es im Winter unseres Missvergnügens Leute mit dem Vorwurf in die Medien geschafft hatten, sie seien im Kindesalter am »angesehenen« Berliner Canisius-Kolleg sexuell, ja »systematisch sexuell« missbraucht worden (die Vorwürfe waren älter, nur die Medienöffentlichkeit war neu), da konnten Wetten darauf abgeschlossen werden, dass die DDR sofort nachziehen würde. Mehr noch: Hier kündigte sich ein wunderbar handliches Thema an, es der Zone mal wieder zu besorgen. Das Einzelschicksal würde berühren – und nun auch noch Kinder, die schwächsten Opfer der Diktatur! Der pädophile Voyeurismus breiter Volksschichten würde in den Dienst der guten Sache – der Aufarbeitung der kommunistischen Gewaltherrschaft – gestellt und Mehrteiler mit Veronica Ferres als Kind (1. Teil) und als nachhaltig geschädigte Erwachsene (2. Teil) könnten entstehen. Ja, es war abzusehen, dass der sexuelle Kindesmissbrauch das Sahnehäubchen der DDR-Geschichtsschreibung werden würde, reich bebildert von Guido Knopp und mit Steuergeldern hochgradig differenziert erforscht vom Forschungsverbund SED-Diktatur. Zum Schluss, in den Tagen des Wiedervereinigungsjubiläums, würden einschlägig Missbrauchte – Vera Lengsfeld, Freya Klier, Günter Schabowki, Gunther Emmerlich, Ute Freudenberg – zu den Kindern in die Schulen gehen und ihnen sagen: Wenn der Diktator euch streicheln will, müsst ihr Nein sagen! Die Bösartigkeit, die Abgefeimtheit, die Blutgier, die Mordlust und schließlich auch die perverse Geilheit der DDR-Kommunisten, sie wäre im Sinnbild des geschändeten Kindes geronnen. Herrlich!

Aber ach, es blieb ruhig. Aus allen geografischen und Glaubensrichtungen hagelte es Missbrauchsvorwürfe. Die katholische Kirche war offenbar jahrzehntelang fest in der Hand der Päderasten, ja hatte die Funktion, Funktionären Kinderfleisch zuzuführen. Bei den Protestanten sah es nicht besser aus. Dann meldeten sich Opfer des antiautoritären westdeutschen Bildungssystems der späten 70er Jahre (also Missbrauchsopfer der 68er). Anschließend werden in den nächsten Wochen die in Pfadfindergruppen, der Jungen Union (das Kinderschicksal von Philipp Mißfelder wird vieles, was uns an ihm sonderbar erscheint, erklären), den Jugendfeuerwehren und den Ensembles von »Jugend musiziert« Missbrauchten an die Öffentlichkeit gehen.

Aber wo bleiben die Pioniertreffen – Massenauftriebe von Kindern im Auftrag eines mit den Mitteln des »Demokratischen Zentralismus« agierenden Kinderpornorings unter Befehl von Egon Krenz? Die Gerüchte, die über die Pionierrepublik »Wilhelm Pieck« im Umlauf sind, sollten sich nun endlich erhärten. Dort herrschte das Wohnprinzip nach »Familien«, wie in der scheußlichen Odenwaldschule. Die Schulappelle, die in der gesamten Republik häufig stattfanden, waren nichts anderes als die Diensteinteilung kindlicher Sexsklaven, die auf die Aufforderung des Befehlsgebers »Seid bereit!« im Chorus mit »Immer bereit!« antworten mussten.

Möglichkeiten, den DDR-Kommunisten sexuellen Missbrauch von Schutzbefohlenen nachzuweisen, gibt es viele. Ein Erfolg wie beim Thema »Zwangsadoptionen im Auftrag Margot Honeckers« müsste doch drin sein: Nachzuweisen sind die zwar nicht. Sie werden aber – nicht zuletzt dank der überzeugenden Darstellung durch Veronica Ferres – als historische Tatsachen gehandelt.

Einige produktive Ansätze gab es. Bislang schafften sie es aber nie bis ins Fernsehen: Im Neuen Deutschland redete sich ein Opfer das Internatsleid von der Seele. Nun sollten die berühmten DDR-Internate Pforta, Wiesenburg und Wickersdorf, längst in freiheitlich-demokratischer Hand, endlich ihre Geschichte unter der Knechtschaft der Kinderschänder aufarbeiten, damit das Publikum begreift: Schmutziger Sex mit Dreijährigen war ein Wesenszug der Partei neuen Typs.

Jetzt endlich, am Donnerstagabend im ZDF dramatisch anmoderiert von Claus Kleber, überwinden einstige Insassen des Jugendwerkhofs Torgau ihre Sprachlosigkeit. Mehr davon. Sonst bliebe die DDR der einzige deutsche Staat, in dem Kinder einigermaßen heil davongekommen sind.

WAS WÄRE, WENN …

die KUNDEN sich schämen würden?

Das sollten sie! Auf den Anstieg der Milch- und Butterpreise vor einem halben Jahr haben sie kaltherzig und abweisend reagiert. Statt sich mit »unseren Bauern« (Bauernführer Sonnleitner) dumm und dämlich zu freuen, haben sie die Butter auf der Marmeladenstulle wegrationalisiert, weil auch die Marmelade Fett enthält, und die Flüssigernährung ihrer Kinder auf isotonische Billigbrausen umgestellt.

Ja, zunächst hatten sie gewissen Anlass gehabt, verstört oder, wie die Konsumforschung das ausdrückt, »irritiert« zu sein. Denn zur Begründung für den Preissprung wurde die Gelbe Gefahr bemüht. Abermillionen Chinesen, hieß es, hätten plötzlich, nachdem ihr Coca-Cola-Durst gestillt war, einen sagenhaften Jieper auf Frischmilch aus Sachsen-Anhalt, obwohl die doch rassebedingt – korrekt heißt es natürlich »genetisch bedingt« – bei ihnen Blähungen und Massendurchfälle auslöst.

Der »chinesische Preissprung« währte nur kurz. Nachdem die Chinesen einen kräftigen Schluck von der deutschen Milch genommen und sich auf die Mannschaftslatrinen zurückgezogen hatten, war die globale Milchknappheit plötzlich überwunden. Doch die Preise hielt man high. Das waren herrliche Wochen! Die Bauernfunktionäre faselten auf allen Sendern von der Großartigkeit des Deutschen Bauernstandes. Der Deutsche Bauer sei wieder wer, seit er wieder an der Milch verdiene; es sei nunmehr eine Lust, der Bauernschaft anzugehören, weil man sich da einen Mercedes zusammensparen und auch wieder eine Frau finden könne. Und auch dumm gebliebene Kinder, mit denen das Arbeitsamt nichts anfangen kann, fänden in der Furche wieder eine Zuflucht usw.

Vorbei! Die Kunden sind bitter geblieben und nicht zur Milch zurückgekehrt. Sie hatten einfach nicht die Größe, die Freude der Bauern über die unverschämt hohen Preise zu teilen. Langsam füllten sich die Talsperren wieder mit Milch von voriger Woche. Ein säuerlicher Geruch liegt überm Land. Panisch setzten die Bauern, die »traditionell« (Bauernführer Sonnleiter) den Rachen nicht vollkriegen können, aufs nächste Pferd: Benzinpflanzen stürzten die Welt in eine Hungersnot. Nun hocken sie auf ihrem Butterberg.

Kürzlich hatten sie sich etwas Feines ausgedacht: Sie verschenkten Butter an Passanten. Das ist sozusagen die letzte Stufe vor dem Bauernfreitod. Auf dem Hallenser Markt, wo der Ossi besonders hofft, dass es was umsonst gibt, kippten sie Wagenladungen mit Butterstücken den schamlosen Kunden vor die Füße: Da habt ihr, fresst! So weit seid ihr moralisch heruntergekommen, dass ihr es von uns »für umsonst« nehmt. Geniert euch, verreckt daran! Plötzlich ist deutscher Landwirt zu sein, wieder das trostloseste Schicksal, das Gott zu vergeben hat.

Hätte der Kunde noch ein Gramm Stolz im Leibe ('s darf auch ein bissel mehr sein), hätte er ausrufen müssen: Von euch Subventionsgewinnlern nehmen wir nicht mal was geschenkt, geschweige, dass wir euch was abkaufen! Immerhin waren einige pfiffig genug, von den Bauern zu verlangen, ihre blöde Butter gefälligst auch zur Tafel für Bedürftige zu tragen. Die Forderung, eine Milchpipeline in den Sudan zu legen, konnte auf die Schnelle jedoch nicht erfüllt werden.

Wenn alle, die ihr Zeugs nicht mehr verhökern können, es verschenken würden, würde es bunt hierzulande. Dann wirft uns ab Montag Starbucks brühend heißen Coffee to go in die Rücken. Von Autobahnbrücken schüttet man »Spargel aus deutschen Landen«, den kein Schwein mehr frisst, auf die Konsumenten. Und schließlich verschenkt die SPD an den Haustüren ihre Mitgliedschaften, bevor sie ranzig werden. Leicht wird auch das nicht. Aber vielleicht gelingt es mit dem Versprechen, dass die Mitgliedschaft nach einem Jahr automatisch erlischt, wenn sie nicht ausdrücklich verlängert wird.

WAS WÄRE, WENN …

der NEGER dümmer wäre als unsereins?

Dümmer als »unsereins« – geht das? Wenn zu »unsereins« Hooligans, ländliche Jungnazis, zu Friseusen hochgeschulte Hauptschulabbrecherinnen und volkstümliche Musikanten gehören – dann nicht. Dann kann selbst der Neger unsereins nicht unterbieten. Ansonsten aber ist in diesen Tagen wieder einmal evident geworden, dass Neger – aber auch Aborigines und wahrscheinlich auch Frankenwaldbewohner in der siebten Generation – von Geburt an dümmer sind als die weiße Rasse, zuzüglich unserer überaus erfolgreichen chinesischen Freunde.

Evident – das für die Dummen unter unsereins – heißt: »Liegt auf der Hand«. Es liegt auf der Hand, dass der Neger ein Ding an der Bommel hat. Er hat bisher nur wenige Patente angemeldet, verweigert sich dem PISA-Ranking bis in die letzte kongolesische Laubhüttenschule hinein, hat international noch keinen Schlagerwettbewerb und keine Schacholympiade gewonnen, keine Ahnung vom Ehegattensplitting und glänzt nur in Sportarten, in denen es auf die Beine ankommt. Er ist so bescheuert zu glauben, er könne schwimmend von Marokko aus an den Strand von Fuerteventura gelangen, wo unsereins – in Gestalt barbusiger blonder Jungfrauen – auf ihn wartet, um ihn mit Lichtschutzfaktor sieben einzucremen.

Auf der Hand liegt seine Dummheit auch deshalb, weil kaum einer von unsereins einen intelligenten Neger kennt bzw. wenn doch, nicht wüsste, worüber er sich mit ihm intelligent unterhalten sollte. Ich persönlich kenne eigentlich nur Harry Belafonte. Den habe ich vor ein paar Jahren vom hintersten Platz im Berliner ICC »Ma-til-da« singen hören. Musikalisch immerhin kann der unsereinem das Wasser reichen.

So weit, so gut. Das Problem ist, ob man es sagen darf. Und ob harmlose Wörter, wie »Neger« und »einen an der Bommel haben« und »Rasse« nicht doch irgendwie pfui! sind. Es gibt Leute, die versuchen unsereins weiszumachen, dass von dem Wörtchen »Rasse« ein kurzer Weg per Schienenweg in die Gaskammern führt.

Einer hat sich zu diesem Komplex präzisiert. James Watson ist Nobelpreisträger für Biologie und mindestens 80 Jahre alt – ihm kann nichts mehr passieren. Er ist der Entdecker der DNA, ohne die unsereins nicht mal Wasser lassen könnte.

Der *Sunday Times* hat er anvertraut, er sehe die Zukunft Afrikas äußerst pessimistisch, denn »all unsere Sozialpolitik basiert auf der Annahme, dass ihre Intelligenz (also die der Schwarzen) dieselbe ist wie unsere – obwohl alle Tests sagen, dass dies nicht wirklich so ist«.

Sieh an, sogar »alle Tests« sagen das – und unsereins dachte, die Tatsache, dass der Neger dümmer ist als unsereins läge nur auf der Hand!

Watson hat für seinen Rückgriff auf gesicherte Testergebnisse nicht nur Anerkennung geerntet. Einige seiner Vorträge wurden prompt abgesagt, und er hatte Honorareinbußen hinzunehmen. Kollegen erklärten sinngemäß, er habe einen an der Bommel, sei also sozusagen der schwarzen Rasse zurechnen. Doch auch Galilei hatte Gegenwind. Und zum Trost für ihn – eine andere These aus seiner Denkfabrik liegt heute unverrückbar auf der Hand des nützlichen Weltwissens: »Alle Tests« sagen, dass übergewichtige weiße Männer, die häufig Sonnenbrand kriegen, über den weltweit stärksten Geschlechtstrieb verfügen. Rassenlehre für die Partnerwahl.

Am Donnerstag Morgen hat Deutschlandradio, gebührenfinanziert und staatstragend, aus dem Munde des meinungsstarken Feuilletonisten Alexander Schuller eine Rückreise-Warnung für unsereins versandt: Wenn wir Watson nicht für voll nehmen, müssen wir stracks zurück ins Mittelalter, was für unsereins nicht gemütlich werden dürfte. Schon weil dort keine Meinungsfreiheit herrschte.

Schuller: »Einer der genialsten Wissenschaftler unserer Zeit, der Entdecker der DNA, der Nobelpreisträger James Watson, ist Opfer einer Kampagne geworden. In einem Interview hatte er gesagt, dass es einen empirisch nachgewiesenen Zusammenhang zwischen Intelligenz und Ethnie gibt. Dabei ist Watson so verstanden worden, als handele es sich um seine persönliche Ansicht. Das ist in der Tat peinlich, aber eher für seine Kritiker als für ihn. Dass dieser Zusammenhang schon seit Jahrzehnten belegt ist, das erwähnte Watson nicht. Er unterstellte, dass jeder gebildete Zeitgenosse ausreichend belesen sei.«

Nun, unsereins kann nicht alles lesen. Aber schön zu wissen, dass man nicht geirrt hat: Die Dummheit des Negers ist also seit langem aktenkundig, »alle Tests sagen« usw., Watson hat keine persönliche Ansicht geäußert, sondern den Forschungsstand referiert.

Auch die Nutzanwendung liefert Watson mit (kann unsereins von einem der »genialsten« Wissenschaftler mehr verlangen?). Also: Was wäre, wenn der Neger dümmer wäre als unsereins? Wie immer man den Neger auch zu belehren sucht, er kapiert es nicht. Das ist bei dem genetisch. Deshalb soll er bleiben, wo er ist – unten. Oder weit weg.

WAS WÄRE, WENN …

es einen FLASHMOB gäbe?

Am Mittwoch war das Westfernsehen seltsam erregt. Schon ab Nachmittag versprach die ARD eine nie gesehene Unerhörtheit für ihre »News-Schiene«. Das Ereignis habe mit der Kanzlerin persönlich zu tun und was sich um sie herum zusammenbraue. Das Internet, dieses schnelle, aufregende, unberechenbare Medium spiele teuflischerweise auch eine Rolle. Man konnte auf einen Attentatsversuch hoffen, der auf studiVZ von einem zum Islam konvertierten Theologiestundenten angekündigt worden war. Na gut, vielleicht noch keinen Versuch, sonst wären ja alle Sendungen unterbrochen worden und das Radio hätte Chopin gespielt. Aber wenigstens doch die Andeutung eines Versuchs in einer abgefangenen E-Mail vom Computer einer Waldorfschule nahe Essen!

Als Plasberg (unerträglich! Warum bleibt so einer gesund?!) mit geheucheltem Interesse beim zwergwüchsigen Kasper Tom Buhrow nachfragte, was es denn Feines für die »Tagesthemen« gäbe, ließ dieser, bebend vor Vorfreude, die Katze aus dem Sack: Ein Flashmob habe stattgefunden! Er versuchte eine erste Übersetzung: Ein »Blitzauflauf« habe sich ereignet! Und zwar blitzartig!

Es sollte den Eindruck machen, als habe die ARD in ihrem unendlichen Investigationismus einen Aufruhr entdeckt, an Ort und Stelle niedergeschlagen und sofort das Programm umgestellt. Dann sah man die Bescherung.

Bei irgendeiner Wahlrede Merkels unter freiem Himmel (sie trug, wie mittwochs immer, das Lindgrüne) hatten sich etwa ein Dutzend käufliche, adrett gekleidete, sich jugendlich gebende Subjekte der Piratenpartei versammelt, schwenkten orange Lappen und riefen, quasi im Blutrausch, mehrmals gemeinschaftlich (bei den Jungpionieren sagten wir »im Sprechchor«) »yeah!, yeah!«, wobei sie spontan selbstgebastelte Pappen hochhielten, auf denen ebenfalls »yeah!« zu lesen war. Sie lachten verlegen – waren sichtlich noch nicht darin geübt, sich zum Affen zu machen. Dann mussten sie abermals rufen, weil der Einspieler sonst zu kurz geworden wäre, diesmal »Grundgesetz! Grundgesetz!« Der Haufen war so schütter besetzt, dass man innerhalb der nächsten drei »Tagesthemen«-Minuten alle Teilnehmer der simulierten Revolte per Nahaufnahme kennenlernen konnte.

Und jetzt reagierte die Kanzlerin, und siehe: Die Kamera war mit vollem Ton genau in diesem Moment dabei! Merkel schaute kurz ins Manuskript und sagte dann mit humorvoller, sympathischer, mütterlicher, von einer neckischen Geste gestützter Souveränität, die jungen Leute, die ihr jetzt nicht zuhörten, könnten ihre Rede dann ja im Internet ansehen. Im Internet! Wie pfiffig! Wie modern! Und was für eine erstklassige Retourkutsche an die armen Wichte, die sich angeblich im Internet verabredet hatten, um dreimal für die Kamera »yeah!« zu brüllen!

Ein (wahrscheinlich schlecht bezahlter) Kleindarsteller aus der Wahlzentrale der CDU musste nun noch »am Rande der Kundgebung« einerseits seine Freude ausdrücken, wie großartig der Kindergeburtstag funktioniert hatte, andererseits Empörung heucheln, »dass sich die Kanzlerin nicht mit unseren Inhalten auseinandersetzt hat«.

Anschließend sprach ein Kommentator, der Zwilling von von Guttenberg, gefühlte zehn Minuten lang wohlgesetzt und wichtig über die ungeheure mobilisierende Kraft des Internets, ohne dessen Walten und Wirken das eben gesehene spektakuläre Ereignis gar nicht möglich gewesen wäre. Das Ganze roch sogar durch die Mattscheibe nach einer Inszenierung des Kanzleramts. Eine Kanzlerin, so populär, dass sich junge Menschen für sie im Internet verabreden und sich sogar eine Blitzversammlung ausdenken, um von ihr bemerkt und mit Humor bedacht zu werden! Schöner geht es nicht.

In Wahrheit hat das Internet keinerlei subversives Potential. Seit klar ist, dass jede E-Mail praktisch in Echtzeit mitgelesen und, falls nötig, entschlüsselt werden kann, gibt es keinen Grund mehr, sich zur Verabredung subversiver, im Idealfall illegaler Handlungen nicht eines Festnetzanschlusses zu bedienen oder einander die feindlichen Absichten auf der Straße zuzurufen. Twittern ist eigentlich nur noch kindisch, ja eklig, seit klar ist, dass es von potenten Interessenten, wie Parteien, Pharmakonzernen, Geheimdiensten, der Al Quaida und den Kampfverbänden der deutschen Milchbauern, zur Manipulation von Massen benutzt werden kann. Das Internet ist verkommen zu einem Spielzeug für Pubertierende, zum Medium des Versandhandels oder für Alte, die ihre Krankheiten und die Öffnungszeiten des Bereitschaftsarztes nachlesen wollen. Die Revolution muss man anders organisieren. Keine Ahnung, wie – jedenfalls nicht so, dass die Kanzlerin sie schon im Manuskript hat.

WAS WÄRE, WENN …

sich Frau MERKEL hochleben ließe?

Also etwa anlässlich eines CDU-Parteitags oder zum Abschluss eines Auftritts vor der Bundespressekonferenz oder als finales Zeremoniell bei der Vereidigung von deutschen Afghanistan-Soldaten. Und vielleicht mit folgendem Wortlaut: »Es lebe das heilige (oder herrliche oder gemütliche) Deutschland! Es lebe Angela Merkel! Es lebe ich!«

Das würde vielleicht zunächst Verwunderung hervorrufen. Pofalla würde herbeieilen, um seiner Chefin eine DRK-Decke um die Schultern zu legen. Assistenten würden wild gestikulieren, damit die Kameras abgeschaltet werden. Und dann würde man die offenbar wirre Dame ganz vorsichtig von der Bühne führen, und wer genau hinhört, würde sie aus der Gasse piepsen hören »Es lebe ich!« Was dann folgte, wäre eine qualvolle Phase der Regierungsneubildung, aus der der hinterfotzige Niedersachse triumphierend hervorgehen und lange Jahre regieren, bis auch er eines Tages »Es lebe Christian Wulff« rufen und abgeführt werden würde. Bei uns ruft so was keiner.

Aber denken denken sie es! Keiner der öffentlichen Auftritte von Gerhard Schröder, der nicht mit einem – allerdings stummen – »Es lebe der eloquente, schöne, immer noch dunkelhaarige Acker!« endete. Und bei Helmut Kohl schien eine Bauchstimme unter dem Mantel der Geschichte in jeglichen Schlussbeifall hinein zu brummen: »Ein Hoch auf Helmut Kohl, den lange sträflich unterschätzten Wiedervereiniger aller Deutschen und Gestalter des neuen Europa!«

Aber öffentlich machen sie das nicht, dazu sind sie zu falsch, zu verklemmt und zu scheindemokratisch. Silvio Berlusconi macht das, und dafür lieben wir ihn: »Viva Italia, viva Berlusconi« – in dieser und keiner anderen Reihenfolge! – das geht ihm behende über die schönen Lippen. Was für eine Lendenkraft! Was für ein Gestaltungswille, Führungsanspruch, welch eine Verlässlichkeit. Und was für eine Wahrheitsliebe!

Denn »Viva Berlusconi!« spiegelt nur die Verhältnisse. »Viva Berlusconi« ist fernab vom cäsarischen Größenwahn. Hier spricht ein Mann, dem praktisch das Land gehört mitsamt allen Weibern zwischen 17 und (höchstens) 30. Und die wichtigsten Fernsehsender, bei denen er die Damen in Castingshows unterbringen kann. Außerdem gehört ihm eine Partei, bei der er jederzeit die Junge-Frauen-Quote erhöhen kann, was Feministinnen komischerweise aber nicht in Entzücken versetzt. Was er und wie er denkt, und was er will, ist – ähnlich wie bei Adolf Hitler – vollkommen öffentlich, vollkommen bekannt, absolut »transparent«, um mal ein Modewort der Scheindemokratie zu verwenden. Man mag Berlusconi leiden oder nicht (ich bin sein Fan) – aber eins muss man ihm lassen: Bei ihm gibt es keinen doppelten Boden, kein taktierendes Hinhalten, keinen »Moderieren« genannten Politikstil, bei dem man nie erfährt, was die Kanzlerin will und ob sie überhaupt etwas will. Und dann sein Humor, der seinem Volk hilft, auch dunkle Stunden (z. B. Erdbeben) zu überstehen. Sein Humor, der intellektuelle Quell für die Comedy-Schiene seiner Fernsehsender, ist der beruhigende Beleg dafür, dass Berlusconi auch im Idealfall einer absoluten Alleinherrschaft über Italien diese nicht zu unlustigen Zwecken missbrauchen würde. Wer Obama mehrmals »schön gebräunt«

nennt und ihn in der Gemeinschaft der Regierungschefs »unser Brauner« nennt, wird niemals Amerika überfallen!

Gut, ich gebe zu, das letzte Mal, als Hitler »Heil Hitler!« zu sich selbst sagte (sein treuer Diener, der SS-Mann Rochus Misch, erzählte in seinen Erinnerungen unter dem Titel »Mein Hitler«, dass Hitler zumeist »Heil Hitler!« rief, wenn er sich mit hartem Stuhl quälte), ist es nicht gut ausgegangen. Aber solche Vergleiche sind kontraproduktiv.

Bei uns wäre ein »Heil Merkel!« aus Kanzlerinnenmund schon deshalb nicht möglich, weil die Fernsehsender nicht Frau Merkel gehören, sondern der werbetreibenden Wirtschaft, weil nicht Frau Merkel die Politik bestimmt, sondern die Initiative Neue soziale Marktwirtschaft, weil nicht Frau Merkel die Massenpresse in der Hand hat, sondern der Springer-Konzern. Und das ist natürlich viel besser so.

WAS WÄRE, WENN ...

wir einen MUNDRAUB-paragrafen hätten?

Er müsste etwa so klingen: »Die Wegnahme bzw. Beisichbehaltung einer eigentlich nicht für den Wegnehmer bzw. Beisichbehalter bestimmten Sache, die dem umittelbaren Verzehr dient oder von einer ohne Zubereitung essbaren Sache, die die Natur hervorbringt, ist von Strafe grundsätzlich freigestellt, wenn diese sogleich ratzekahl und mit Appetit oder auch aufgrund von Hunger aufgegessen wird.

Unter Strafe steht lediglich die Wegnahme bzw. Beisichbehaltung o.g. Sache, wenn sie gehortet wird, um späteren Appetit oder auch Hunger zu stillen oder wenn sie weiter veräußert werden soll. Auch die Absicht des Wegnehmers bzw. Beisichbehalters, den Appetit oder auch Hunger eines Dritten (zum Beispiel des eigenen Kindes) stillen zu wollen, stellt diesen nicht straffrei und ist als bloße Schutzbehauptung zu werten.«

Dieser geniale Paragraf müsste natürlich nicht nur ins Strafrecht, sondern auch ins Arbeitsrecht. Da müsste sinngemäß stehen, sogenannter Mundraub am Arbeitsplatz ist kein Vertrauensbruch und kein Kündigungsgrund. Denn was nicht strafwürdig ist, darf auch nicht mit Kündigung bestraft werden. Gelegentlich wäre es eine größere »Strafe«, wenn schreckliche Köche den Dreck, den sie zusammenkochen und in den sie ihre geschnittenen Fußnägel entsorgen, selber essen müssten. Natürlich bestünde im Zusammenhang mit der Einführung eines Mundraubparagrafen, der die Selbstversorgung begünstigt, weiterer Regelungsbedarf. So kann das Aufreißen von Wurstverpackungen mit den Zähnen oder das Austrinken eine Tetrapacks durch eine Supermarktverkäuferin schwerlich nachsichtig als Mundraub behandelt werden. Auch nicht der Verzehr von Wechselgeld oder Pfandbons, wie es diese Emmely bekanntlich versuchte, was eine Enddarmkontrolle durch den herbeigerufenen Hausmeister offenbarte. Auch das Wegschlecken einer Konserve Erasco-Bohnensuppe »Balkanfeuer« ist nicht durch den Mundraubparagrafen geschützt, weil die vor dem Verzehr zunächst erhitzt werden müsste. Und wer das macht, beweist, dass er vorsätzlich und hinterhältig und aus niederen Beweggründen klaut.

Den Mundräuber ereilt heute nicht eo ipso Strafe, sondern nur dann, wenn jemand die Sache zur Anzeige bringt. Der Kläger wird jedoch in der juristischen Praxis damit rechnen müssen, dass die Bagatelle gar nicht zur Verhandlung angenommen wird. Entsprechend hat einst auch Bertolt Brecht eine Abwägung der Verhältnismäßigkeit vorgenommen, als er – noch in seiner Übergangswohnung am Weißen See – einen, durch sein Gedicht »Der Kirschdieb« später berühmt gewordenen Kirschdieb »in geflickten Hosen« gewähren ließ, der des nächtens in seinem Kirschbaum (der gehörte wahrscheinlich gar nicht Brecht, sondern war nur Bestandteil seiner Mietsache) rumorte, schmatzte und furzte. »Mit beiden Händen«, wie Brecht konsterniert bemerkte, erntete er die Früchte. Eine verblassende Wandbemalung in Weißensee erinnert bis heute an diesen Mundraub.

Wieder in seiner Bettstadt liegend, »hörte ich ihn«, sagt Brecht im Gedicht, »sein lustiges kleines Lied pfeifen«. Das ist interessant! An anderer Stelle spricht der Dichter davon, dass der Dieb sich die Taschen füllte. Beides sind Indizien dafür, dass der Mundraub doch ein ordentlicher Diebstahl gewesen ist, denn wenn der Kirschdieb die von der Natur bereitgestellte essbare Sache unmittelbar verzehrt hätte, hätte er nicht pfeifen und sich nicht die Taschen füllen können. Brecht, wahrscheinlich grün vor Ärger, war also – wie viele Schöngeister heute auch angesichts der Wegnahme von Frikadellen von einem für Chefs bestimmten Kalten Buffet durch eine Sekretärin oder von Maultaschen aus einem Pflegeheimküchentopf – in der Angelegenheit zu generös.

Die Freigabe des Mundraubes – von »Raub«, also einer Wegnahme infolge Gewaltandrohung bzw. -wendung kann natürlich nur metaphorisch, nicht jedoch juristisch die Rede sein – entspricht auch unserem in der Kindheit entwickelten und in der Jugend ausgiebig praktizierten Rechtsempfinden. Was zu klauen, um es sich in den Mund zu stopfen oder die Kehle hinabrinnen zu lassen, ist im schönsten Sinne des Wortes Gewohnheitsrecht. Vor Kindern ist nichts Essbares sicher. Deshalb müssen Reinigungsmittel und Bergmannsschnaps weggeschlossen werden. In der Spätpubertät ist das Energiedefizit nur durch permanente Wegnahme von Esswaren einigermaßen auszugleichen. Vielleicht könnte also ein neuer Mundraubpargraf in Wachstum & Geschlechtsreife begriffene Personen ausdrücklich ermuntern, während er dicken Frauen, die seit 20 Jahren im Pflegeheim gedient und nun einen Jieper auf Patientenkost haben, ein bisschen ein schlechtes Gewissen machen könnte. Das zu formulieren übersteigt indes meine Möglichkeiten.

WAS WÄRE, WENN …

es die STASI nicht gegeben hätte?

Es ekelt einen (z. B. den Autor), »solche Fragen« zu stellen. Wie erst muss es den Leser ekeln, sie zu lesen! Es ist, als würde man durch die Kanalisation waten. Man will dem, was da schwimmt, doch nicht dauernd begegnen. Sondern lieber hart an der »Zukunftssicherung« (A. Merkel) arbeiten. Aber die Zukunft will sich partout nicht blicken lassen, will nicht einmal ein Zipfelchen ihres weißen Gewandes lüpfen, wenn nicht allewegen mitgedacht wird, welch ein Schrecknis die DDR gewesen ist. Und so fließen aus zahlreichen Ritzen Rinnsale und Bächlein öffentlicher Gelder, die letztlich Fließgeschwindigkeit für die ganze Scheiße ermöglichen. Die DDR hat zwar keinen eigenen Posten im Bundeshaushalt. Doch sie kommt teuer.

Etwas davon bekommt die Universität in Friedrichshafen ab, die durch ihren lustigen Namen bekannt wurde – Zeppelin-Universität. Eine Uni nach einem Flugkörper zu benennen, dessen bedeutendste Ausführungen durchweg explodierten, das hat was! Aber gut, wenn sie sich im Rahmen der »Zukunftssicherung« alternativen Flugtechniken widmet …

Jedoch nicht ohne DDR. Das gehört quasi naturgegeben zum wissenschaftlichen Profil der Zeppelin-Universität, denn war die DDR nicht auch so was wie ein abgestürztes Flugobjekt? Nach umfangreichen Forschungen, deren Methodik im Finsteren bleibt, ist den Zeppelinern der Nachweis des historisch Bösen anhand seiner späten Nachwirkungen gelungen. Das ist vom Forschungsansatz her eindrucksvoll. Denn das Argument der Faulen und Feigen, das Böse sei doch nun schon zwanzig Jahre her, verkehrt sich dramatisch in sein Gegenteil: Eben weil es zwanzig Jahre her ist und noch immer böse wirkt, ahnt man, wie böse das Böse dimensioniert gewesen sein muss. Und wenn es in hundert Jahren immer noch wirkt? Dann war die DDR noch böser, als in den vergangen hundert Jahren fälschlich angenommen worden war!

Die Wirkungen der DDR, also der Stasi, lassen sich mit den heute an einer forschenden Universität verfügbaren hochempfindlichen Messgeräten belegen. Wenn es die Stasi nicht gegeben hätte (eigentlich muss man metaphorisch sagen: wenn es sie nicht immer noch gäbe), dann wäre die Arbeitslosigkeit in den ostdeutschen Ländern um einige Prozent geringer. Um auf eine exakte Zahl zu kommen, müssen die Werte, mit denen man rechnet auch exakt sein. Etwa so: Die Zahl jugendlicher Langzeitarbeitsloser teilt man durch die Zahl der enttarnten IM des MfS und gewinnt damit die absolute Zahl von Arbeitslosen, die direkt auf das Konto der Stasi gehen. Zur Sicherheit die rechnerische Probe: Jetzt teilen wir die Zahl der jugendlichen Langzeitarbeitslosen durch die Anzahl der anerkannten Stasi-Opfer. Die Ergebnisse müssten sich annähern. Gewonnen ist so eine wissenschaftlich belastbare Aussage.

So etwa kann man Daten aus allen Lebensbereichen generieren: Die Zahl der Unfälle im Straßenverkehr, der Fehlgeburten, der Insolvenzen, der Leichenschändungen, der Alkoholvergiftungen und der Suizide in Ostdeutschland – für all das ist zu einem gewissen Prozentsatz die Stasi verantwortlich, wenn man den Stasifaktor rechnerisch einbezieht.

Das gilt nicht nur bei Phänomenen, auf die man gern

verzichten würde, sondern auch für solche, an denen Mangel herrscht. Da muss man allerdings Subtrahieren. So ist beispielsweise die Zahl der Organspenden pro Kopf im Osten signifikant geringer, als im Westen. Man nimmt den Westwert und subtrahiert die Zahl der IM – und ist baff: Es ergibt sich die Zahl der Organspenden im Osten. Sollte eine Gegenprobe nötig sein, dann mit der Zahl der Opfer. Das gleiche kann man mit dem Pro-Kopf-Einkommen machen: Westwert – IM = Ostwert.

Da es sich hier lediglich um die schöpferische Anwendung der Grundrechenarten handelt, wird wohl niemand auf die Idee kommen, Ideologen seien am Werk. Oder Professoren, die einfach nur die Quelle öffentlicher Mittel zur weiteren wissenschaftlichen Vernichtung der DDR offenhalten wollen.

So, und nun sind die Leser gefragt: In Ostdeutschland gib es pro Kopf zu viele Spaßbäder. Wie viele sind es – und wie haben Sie das gerechnet?

WAS WÄRE, WENN …

der STALINISMUS ausbräche?

Der Stalinismus hat bekanntlich auch gute Seiten, was in der Linkspartei gern übersehen wird. Hätte die Sowjetunion den Faschismus besiegt, wenn in ihr eine Abstimmugsdemokratie geherrscht hätte? Das natürlich ist eine alberne Frage, denn es hätte zum Datum des Überfalls auf die Sowjetunion längst keine Sowjetmacht mehr gegeben, wenn sie sich nicht vom ersten Tag ihrer Existenz an der Diktatur bedient hätte. Dann hätte es sie eben nicht gegeben, ist linke Logik heute. Es wäre nicht schade um sie: Eine Macht, die sich der Macht bedient, um mächtig zu bleiben – statt die demokratische Willensbildung von der Gemeindevertretung aufwärts zu üben und Frauenbeauftragte einzusetzen – hat es nicht verdient zu existieren. Lieber keinen Sozialismus als einen »bösen« bzw. einen, in dem es keine *FAZ* mehr gibt!

Und natürlich darf er auch nur infolge einer breiten gesellschaftlichen Debatte in Spiegel, Bild und im Managermagazin – beinahe hätte ich gesagt »an die Macht« – an die frei gewählte Regierung kommen. Sonst lieber gar nicht. Wenn irgendwelche Gemeinheiten passieren müssen, um Sozialismus herzustellen, zum Beispiel Enteignungen oder Erschießungen oder wenigstens Verhängung von Hausarrest und Besetzung des ZDF, dann wollen wir ihn nicht. Sondern irgend etwas anderes, was wir aber noch nicht kennen, was aber mit der Beteiligung an beliebigen

Regierungen anfängt und bestimmt lustig wird (denn Spaß wollen wir auch haben).

Das ist der Stand der Diskussion in der deutschen Linken nach zwanzig Jahren. Sie hat gelernt, die Geschichte in gut und böse einzuteilen, wie das vom Bürgertum und seinen Institutionen erwartet wird. Deshalb fällt so ein Vorwurf, in die Partei Die Linke sei der Stalinismus zurückgekehrt, stünde zumindest schon in der Tür und röche nach Wodka und Machorka, besonders hart aus. Das Böse, der ungeliebte Heimkehrer, der gruselige Wiedergänger! Die bürgerliche Presse hat den Stalinismus in der Linken natürlich auch schon ausgemacht: Die können es einfach nicht lassen, diese Linken, ruft sie, das steckt bei denen in den Genen; gibst du denen eine Bauerlaubnis und einen Minibagger in die Hand – flugs wird ein Gulag daraus.

Eines Tages wurde das Wiederauftauchen des Stalinismus bei der LINKEN an folgenden Phänomenen festgemacht: Ein Parteivorsitzender (heute ehemalig) mochte seinen Generalsekretär (heute ehemalig) nicht mehr, und beide trauten einander nicht über den Weg. So wie einst Helmut Kohl und Heiner Geißler. Sie sprechen wechselseitig nicht oder ausgesprochen schwärmerisch übereinander – natürlich, um ihren Hass zu tarnen. So wie einst Wehner über Brandt (badet lau), Möllemann über Westerwelle, Westerwelle über Wolfgang Gerhardt, Trittin über Gunda Röstel (»Hilfsschullehrerin aus dem Osten«). Es gab Briefe aus den Kollektiven der Werktätigen, die allesamt Sorge um »die Sache« ausdrückten, in Wahrheit blanke Denunziationen darstellten. So wie die Wortmeldungen der »CDU-Rebellen«, deren Namen man sich nicht merken muss, die sich einst um die Führungsstärke von Frau Merkel sorgten. Woanders ist das lebendige Auseinandersetzung, vielleicht auch mal Hinterhältigkeit oder Charakterschwäche oder ein »durchgegangenes« Temperament. In der LINKEN ist es Stalinismus. Inzwischen sitzt Dietmar Bartsch im Hotel »Lux«, spielt Domino mit Wilhelm Pieck und lauscht, ob ein schwerer Wagen vorfährt …

Dass Gregor Gysi (wie die bürgerliche Presse genüsslich beschrieb) mit Dietmar Bartsch gemeinsam im Auto gesessen haben soll (auf der Rückfahrt von Rosa, wo doch jeder Linke besonders ehrlich gestimmt sein sollte!) und nicht zu Bartsch gesagt haben soll: »Du, morgen mach ich dich zur Schnecke«, ließ darauf schließen, dass es aus ist mit Bartsch. In einem Talkschauprozess in der Volksbühne, bei dem auch Gysis Ärzte angeklagt waren, konnte er sich durch umfassende Selbstkritik eine saubere Erschießung erstreiten.

Nein, da möchte man nicht als Linker geboren sein.

WAS WÄRE, WENN …

wir die MÄRKTE nicht hätten?

Die Märkte sind wahrscheinlich nicht ganz schuldlos. Andererseits reagieren sie äußerst sensibel. Die Märkte legen ständig ihren Finger in die Wunde. Bestimmte Dinge verzeihen die Märkte einfach nicht. Man darf die Märkte jedoch nicht überfordern. Sie haben weitgehend das Vertrauen verloren, und es bedarf geraume Zeit, bis sie wieder Vertrauen gewinnen. Die Märkte sehen überhaupt nicht ein, warum sie aus der »griechischen Tragödie« geschwächt hervorgehen bzw. leer ausgehen sollen. Die Märkte sind in ihrer Interessenlage äußerst konzise. Die Märkte wandern nun einmal nicht auf dem Jakobsweg! Für die Märkte ist das Bett bereitet, jedoch wollen sie noch nicht hineinspringen. Wenn die Märkte diesmal Nein sagen, haben sie diesmal Nein gesagt.

Man darf die Märkte nicht überfordern, reizen, für dumm verkaufen, für ein Mädcheninternat halten, oder glauben, sie würden auf diffuse Gemengelagen hierzulande sofort damit reagieren, die Ärmel hochzukrempeln. Es hat gar keinen Sinn, ihnen ein Leckerli vorzuhalten – bekanntlich springen sie nicht über jedes Stöckchen. In ihrer ganzen Art sind die Märkte und wie sie sich verhalten bzw. nicht verhalten, wie sie sich artikulieren bzw. schweigen und sogar wie sie scheinbar (natürlich nur scheinbar!) abtauchen, aber dann doch eine Ratingagentur mit Briefkasten und Außenklo in Hilversum für sich sprechen lassen, ein untrügliches Zeichen. Ein Seismograf. Ein Frühwarnsystem für Fälle, in denen alles zu spät ist. Eine Tsunami-Warnblinkanlage, deren Blinken allerdings nur die Delfine unter den Ratingagenturen hören können. Oder Keinohrhasen.

Man kann den Märkten nichts vormachen. Sie rechnen sehr genau. Allerdings – wenn sie nicht in Stimmung sind, sind sie nicht in Stimmung, und zwar definitiv. Einerseits geht es also um nackte Zahlen, andererseits ist das zu neunundneunzig Prozent Psychologie. Die Psychologie der Märkte ist noch wenig erschlossen. Manchmal sind die Märkte regelrecht verstimmt, um nicht zu sagen depressiv. Andermal wieder scheint ihnen der Frühling in die Glieder zu fahren. Sie ziehen dann Dinger durch, um es einmal salopp zu formulieren – da kann man nur mit dem Kopf und dem ganzen Körper schütteln. Als seien sie noch in der analen Phase. Mit unaufgearbeiteten Traumata und frühkindlichem Missbrauch kann man das nicht erklären, jedenfalls nicht mit dem berühmten Syllogismus des Aristoteles: Alle Menschen sind sterblich (Prämisse 1), alle Griechen sind Menschen (Prämisse 2) – folglich sind alle Griechen sterblich. So einfach ist es nämlich nicht, versetzt man sich einmal in die Haut der Märkte. Und das müssen wir – ob wir wollen oder nicht.

Dass die Märkte derzeit ein unangenehmes Gefühl haben, darf man wohl annehmen (entsprechende sprachliche Auslassungen ihrerseits gibt es dazu indes nicht). Ihre Gefühlslage changiert (wenn sie nicht sogar chargiert) zwischen einerseits und andererseits und überhaupt (bzw. sowieso). Dem sind wir natürlich nicht hilflos ausgeliefert. Mit unserer Bundesregierung an der Spitze können wir viel dafür tun.

Mehr aber auch nicht. Sie richten sich weder nach Lafontaine noch nach Schäuble. Sie sind unbestechlich, es sei denn mit sehr viel Geld in Form unbezwinglicher Wertpapiere. Sie brauchen keine Regierungen, keine Demokratie, keine Abgeordneten, keine Staaten, keine Kriege, keine Presse, kein Weißes Haus. Sie brauchen nicht einmal ein Büro oder einen Faxanschluss. Sie haben keine E-Mail-Adresse. Sie sind die Weltregierung, von der wir nur hoffen können, dass sie uns leben lässt. Denn eigentlich brauchen sie auch uns nicht.

Keiner weiß, was ist, wenn die Märkte Diarrhoe haben. Ob es dann warm über uns kommt? Seien wir doch mal spontan – lassen wir uns überraschen.

WAS WÄRE, WENN ...

die ARABER nur die 89er Revolution nachgespielt hätten?

Die arabischen Massen sind offensichtlich momentan auf Krawall gebürstet. Aber warum? Für »unseren Ägypten-Experten« bzw. »unseren Spezialisten für die Problematik des Nahen Ostens« bzw. für »unseren Islam-Kenner«, die jetzt überall in den Sendern auftauchen, ist das eine ungemütliche Situation. Denn sie fühlen sich bedrängt: »Es drängt sich einem förmlich der Vergleich mit der friedlichen Revolution von 1989 auf« oder »die Erinnerungen an Leipzig vor zwanzig Jahren, als das Volk gegen seine Peiniger auf die Straße ging, werden wieder wach«.

Das geht übrigens ganz rasch mit diesen Erinnerungen, sie stellen sich nur schlafend, wie eine dicke Hauskatze, sind dann jedoch plötzlich putzmunter. Kürzlich erst, als das Stuttgarter Kleinbürgertum sich Sorgen um den Verkehrswert seiner Immobilien machte, mit Kastanien nach Ordnungshütern warf und viel Wasser ins Gesicht bekam. Da waren das auch »Bilder, wie bei den Polizeieinsätzen gegen die friedlichen Demonstranten von 1989« (dumm nur, dass es Wasserwerferattacken damals gar nicht gegeben hat).

Vieles spricht dafür, dass die Ägypter auch einfach einmal Leipzig spielen wollen. Das fällt ihnen relativ leicht, weil viele von ihnen arbeitslos sind, was die Leipziger vor 1989 nicht waren, weswegen sie ihre Revolution auf den Feierabend legen mussten. Dafür haben die Ägypter, soweit man das von hier aus sehen kann, jede Menge Folterkeller. Da denkt man unwillkürlich an den Knast in Hohenschönhausen oder die »Paraden des Soldatenliedes« im alten Friedrichstadtpalast.

Außerdem haben sie von der Stasi das flächendeckende Spitzelsystem übernommen, das jüngst Michel Friedman in »Hart aber fair« (ARD) packend schilderte: Jede Sippe in Ägypten, sagte der Nah-Ost-Experte sinngemäß, habe einen gehabt, der mitgehört und Familienangehörige ins Gefängnis gebracht habe. Das sind just die gleichen Formulierungen, die Friedman bei seinen Stand-up-Kommentaren auf einem TV-Nachrichtensender einfallen, wenn er düster die Herkunft der Linkspartei-Kommunisten beschreibt (nämlich aus ostdeutschen Sippen, in denen immer einer mitgehört hat).

Schließlich kann man ja wohl nicht übersehen, dass Mubarak dem Diktator Honecker wie aus dem Gesicht geschnitten ist und auch eine unbeliebte Gattin hat. Auch der tunesische Diktator hatte eine sehr, sehr unbeliebte Gattin (hat sie sogar noch, ist aber kein Diktator mehr). Ungeliebte Gattinnen führen offenbar zu friedlichen Revolutionen. Hier schält sich ein Gesetz der Geschichte heraus: Überall auf der Welt werden die Völker über kurz oder lang Helmut Kohls Erbe erfüllen und Revolutionen zum Sturz des Ehepaars Honecker und der Herstellung moderner demokratischer Ausbeutungsverhältnisse nach dem Vorbild von 1989 nachspielen.

Unvergessen beispielsweise die friedliche »orange revolution« in Kiew und umliegenden Dörfern: Aus den Folterkellern des Regimes durch die Fernsehkameras westlicher Stationen ans Licht gebracht, sollten die Massen mit vielen bunten Schaubildern und Motivwagen einen Karneval der neugewonnen Lebensfreude unter dem Motto »Leipzig grüßt seine Gäste« aufführen. Der Umzug blieb dann irgendwo stecken, weil die Ukraine sich nicht mit der BRD vereinigen konnte.

Katastrophal endete der Aufstand der Bürgerrechtler unter Führung deutscher Logistikexperten kürzlich in Weißrussland. Auch dort gibt es einen wunderbaren Honecker, gibt es Folterkeller der Stasi und Sippen, die durchsetzt sind. Aber dem Volke fehlte der »Wutfaktor«, um es wie *Bild* zu sagen. Außerdem mangelte es an zweierlei: an charismatischen Führern vom Schlage Werner Schulz, Konrad Weiß und Bärbel Bohley – und an der D-Mark.

Die winkt in Ägypten auch nicht. Kann es also dort überhaupt gutgehen? Werden Westerwelles Träume von einem Ägypten, das so schön wie Deutschland ist, jemals wahr?

Keine Ahnung. Nur eins ist klar: Stuttgart, Tunesien, Ägypten – und was noch so alles kommt – sind schallende Ohrfeigen für das Honecker-Regime.

WAS WÄRE, WENN ...

ich als TÄTER geladen würde?

Als Täter würde ich schon wollen. Als Opfer – das verbäte ich mir. »Opfer!« sagen die akzelerierten Monster auf dem Schulhof zueinander, wenn alle Verbalinjurien, in denen »ficken« vorkommt, ausgereizt sind. Ich bin gern Täter. Ich rede im Präsens, denn auf eine Entpflichtung durch den Geheimdienst warte ich noch (ein Kassiberchen, unter der Haustür durchgeschoben, würde reichen: »... Ihr informelles Dienstverhältnis endet mit Wirkung vom 1.8.2010, mit sozialistischem Gruß vom Genossen Minister«). Ich bin so sehr Täter, dass *Spiegel* und *Bild* mich vor vielen Jahren, weit im vorigen Jahrhundert, mit dem Satz zitieren durften: »Goethe war ein Schwein, Brecht war ein Schwein, und ich bin auch ein Schwein.« Wenn also jetzt in Brandenburg, wo ich lebe, zu Täter-Opfer-Gesprächen (oder »Opfer-Täter-Gesprächen«, was dem Leid der Opfer besser gerecht werden würde) eingeladen wird, hätte ich gern, dass man mich nicht übersieht.

Das Ziel der noblen Veranstaltung – darauf haben sich mein knuddeliger Ministerpräsident und sein alberner Bischof namens Dröge vorige Woche »verständigt« – soll sein, »die unterschiedlichen Biographien miteinander ins Gespräch zu bringen«. Da würde ich doch gern persönlich anwesend sein, wenn meine Biografie zu quatschen anhebt, vielleicht verplaudert sie sich ja, nennt Namen von Frauen, die mir längst entfallen waren oder redet über meine

Hämorrhoiden. Die Herren befanden, für das Biografienpalaver sei es höchste Zeit, weil sonst »der Zusammenhalt in der Gesellschaft gefährdet« sei. Von den naturbelassenen Klassengegensätzen abgesehen, sollen die Brandenburger lieb zueinander sein, im Anglerverein oder noch besser in der SPD eine traute Gemeinschaft pflegen. Das Ganze soll aber »keinen Schlussstrichcharakter haben«. Das trifft sich gut – einen Schlussstrichcharakter habe ich nämlich auch nicht. Bei strittigen Fragen – z. B. bei Problemen mit der Müllabfuhr oder den gelben Säcken – soll es heißen »sag du jetzt mal deine Meinung aus der Täterperspektive, dann spreche ich als Opfer«. Bei gemeinsamer Teilnahme an SPD-Dorffesten soll es einen Bastelstand von Tätern (»Malen mit Fingerfarben und Tätern«) und eine Hüpfburg von den Opfern (»Die Opferburg«) geben. Nur die Kinder dürfen einen Schlussstrichcharakter haben und gehen, zu wem sie wollen. Aber die Täter sollen dann zu den Dorfkindern sagen: »Ihr wisst schon, an welchem Stand ihr hier seid – wir sind die Täter«.

Ich bin gespannt, wie das läuft. Man wird ins Kirchenbüro geladen. Steht in der Einladung »aufgrund Ihres verbrecherischen Mitwirkens an der zweiten faschistischen Diktatur in Deutschland haben Sie um acht Uhr im Gemeindehaus vorzusprechen. Personalausweis, Wechselwäsche und Zahnbürste sind mitzubringen«? Oder steht da »nach einem kleinen Programm der Kleinen vom ›Spatzennest‹ wollen wir bei Kaffee und Kuchen gesellig zusammen sein und Sie bitten, Anekdoten aus Ihrer Kundschaftertätigkeit zu erzählen. Anschließend wollen wir zu Akkordeonmelodien von ›Harmonika-Rudi‹ das Tanzbein schwingen«?

Der hiesige Pfarrer ist ein schmieriger Typ, ein Revolutionär der ersten Stunde, der sich besonders der Kinder annimmt. Er sondert wöchentlich unglaublichen christlichen Schwachsinn im Anzeigenblättchen *Heimatlicher*

Sonntag ab. Als Täter darf ich das natürlich nicht sagen, nicht einmal denken, um nicht mein Herrschaftswissen über diesen bigotten Schwachkopf zu aktivieren. Die Moderation des Popen soll »ein Klima schaffen, wo auch die Täter den Mut finden zu reden« (Platzeck). An Folter ist also nicht gedacht, obwohl allein die Anwesenheit der Protokollantin, der Sekretärin des Bürgermeisters, die früher in der SED-Kreisleitung die Winkelemente ausgab, als solche zu werten ist. Wird man mir einen Stuhl anbieten? Und von dem dann, wenn ich wieder raus bin, eine Geruchsprobe ziehen, wie wir Täter das immer gemacht haben? Oder läuft heimlich eine Kamera für Spiegel-TV und die Sendung »Das Tribunal – ein Täter windet sich«?

Gespannt bin ich, wen sie als Opfer anschleppen. Wir haben zwar einige Insolvenzopfer. Aber es dürfte schwer werden, die der Stasi anzuhängen. Und dann haben wir noch die hysterische Dagmar Pomerenke. Die wurde als Kind in die Pionierrepublik »Wilhelm Pieck« verschleppt und ist seitdem nach eigenen Worten »unfähig zu einer längerfristigen, tiefergehenden Bindung«. Dem werde ich mich wohl stellen müssen.

WAS WÄRE, WENN ...

nicht mehr SITZENGEBLIEBEN würde?

Gemessen an der Zahl der Sitzenbleiber, ist Deutschland das dümmste Land der Welt. Und das soll auch so bleiben: Das Sitzenbleiben lehrt das junge, von Porno-, Drogen- und Alkoholkonsum dekonstruierte Indidviduum, dass es im Leben nicht nur aufwärts (z.B. mit dem Lebensalter und der Zahl der Freunde auf Facebook) geht, sondern manchmal auch runter. Manchmal sogar überwiegend.

Aber ist die Wiederholung der achten Klasse überhaupt ein Abstieg? Kann eine Wiederholung ein Abstieg sein? Nein, sie ist ein lediglich retardierendes Moment auf dem Weg in die Erwerbsbiografie. Und da diese selbst für den Akademiker wahrscheinlich sowieso nicht beginnen wird (oder vielleicht erst mit 50 als »Wieder«-Eingliederung über einen Ein-Euro-Job), ist das Sitzenbleiben nicht nur nur retardierend, sondern egal. Daraus begründet sich der Ausruf meiner Nachbarin bezüglich ihres Sohnes: »Der Kerl bleibt hängen, und es ist ihm scheißegal!«

Als es noch um Leistung ging, weil Zukunft eine Zukunft hatte und nicht nur »Zukunftsbewältigung« (A. Merkel) war, als es noch nicht albern war, Atomphysiker, Altertumsforscher, Facharbeiter oder Staatsratsvorsitzender werden zu wollen, als wir noch sangen »Für das Leben lernen wir,/ reiß dir den Arsch auf, Pionier!«, stürzte der Sitzenbleiber sich und die Sippe in ungleich schwerere Krisen als heute.

Entfernte Tanten wurden über das Lebensalter des Schulversagers getäuscht (»Was, Lutze ist erst zehn – ich dachte er ist elf!«) oder es wurden Legenden erfunden: Lutz will die Klasse noch mal machen, weil er so sehr an seinem Mathelehrer hängt. Oder: Der Direktor hat vergessen, ihn zu versetzen, aber man kann nichts mehr machen. Die Sommerferien waren für den Sitzenbleiber die schlimmsten Wochen seines jungen Lebens. Denn die liebenden Eltern nutzten sie, um »endlich mal andere Saiten« aufzuziehen: Zimmer- und Hosenkontrollen, Sommerbadverbot, tägliches Vokabelpensum, spontane Hausarreste und süffisante Anspielungen: »Was, Taschengeld möchte der Herr? Na ja, vielleicht wenn du eines Tages die neunte Klasse schaffen solltest …«

Wenn die Sitzenbleiber in ihre neue Klasse mit der alten Nummer kamen, war das für uns damals stets ein lustiger Moment. Sie litten unter Riesenwuchs, die Mädchen hatten schon Brüste, und wir kleinen Jungs sprangen sie wie Terrier an und verbissen uns in sie. Sie setzten sich schuldbewusst in die letzte Reihe, um uns nicht die Sicht zu nehmen, und wenn sich einer von ihnen mal meldete, sagte die Lehrerin. »Na ja, für dich ist das ja Wiederholung.«

Heute schämen sich zahlreiche deutsche Kultusregierungen für das Sitzenbleiben und halten es für ein Relikt der Schwarzen Pädagogik. Sie meinen, jedes Kind müsse gefördert werden. Das ist natürlich Unsinn, wenn nicht sogar Sozialismus. Nichts prägt so nachhaltig die Persönlichkeit, wie die »Ehrenrunde«. Sie ist die beste Förderung – die Kreatur lernt Demut und Spott zu ertragen und genießt alle Vorzüge des längeren gemeinsamen Lernens, wie es eine eher linke Bildungspolitik anstrebt. Ohne Sitzenbleiben wäre weder aus Einstein noch aus Hitler oder Stoiber was geworden. Das Sitzenbleiben verkürzt die unendlich lange Wartezeit auf die Rente wenigstens um ein erfülltes

Lebensjahr. Würde nicht mehr sitzengeblieben, würden noch mehr Jugendliche in ihren Kinderzimmern vor den Spielekonsolen hocken – denn auch als Zivis und Rekruten werden sie nicht mehr gebraucht, würden ins Zölibat oder in die Dritte Welt flüchten, wo sie Schwarzen gebildete Weiße vorspielen oder sich dem Rausch ergeben.

Eigentlich müsste also das Sitzenbleiben gefördert werden. Beispielsweise mit Gutscheinen für kostenlose Schulspeisung oder mit Privilegien, die dem Sitzenbleiber helfen, seinen sozialen Status zu heben: die Einrichtung eines speziellen Speiseraums, ähnlich einer Offizierskantine, in dem sich der Sitzenbleiber an Alkohol bedienen und rauchen kann. Oder das Privileg, bei Unterrichtseinheiten, die ihm bekannt vorkommen, die Musikstöpsel in die Ohren stecken zu dürfen.

WAS WÄRE, WENN ...

die RENTE mit einem Zwangsdienst begänne?

Kaum ist man den Überhitzungen der Pubertät entronnen, muss man sich anderen Zumutungen zuwenden. Die Ministerin für familiären Frieden, Schwangerschaftsbeschwerden und Rentnerhygiene hat kürzlich einen Denkanstoß ausgestoßen. Gewöhnlich zieht sie ihre Denkanstöße (etwa vier im Monat) nach etwa dreißig Sekunden zurück (sie wechselt dazu den Kamerastandort), saugt sie sozusagen retour, wenn sie in den Gesichtern ihrer Abteilungs- und Unterabteilungsleiter, ihres Sprechers, Fahrers und ihres Yogatrainers Rat- bzw. Fassungslosig- bzw. Lustlosigkeit liest. Sie liest geschwind. Einmal sagte sie, als sie die solcherart beseelten Gesichter entziffert hatte (es waren fünf Sekunden verstrichen), sie nenne ihre Denkanstöße ja deshalb Denkanstöße (und die Vokabel sei durchaus »in Gänsefüßchen« zu denken), weil sie anstößig sein sollten, man sich gestoßen fühlen solle, am Musikantenknochen oder an der Hüfte. Diese Stoßerei und Knufferei sei »ihr Stil«. Sie sagte tatsächlich Stil!

Den letzten Stoß hat sie nicht zurückgezogen, so dass man fürchten muss, er vagabundiert durchs politische Berlin und wird bald mit dem gewohnten Pro & Contra von den Lobbyisten aller Interessenlagen hin und her gerollt. Sie könne sich vorstellen, sagte die Ministerin versonnen, und ein jungfräulich anmutendes Lächeln umspielte ihre Züge, dass am Ende des Lebens oder, positiv ausgedrückt, am Beginn eines Lebens in völliger Apathie und des Wartens auf den sicheren Tod, also der Rente, ein soziales Pflichtjahr stehen könne. Ein Arbeitsdienst am Mitmenschen, der gespeist sein würde von der unendlich reichen Lebenserfahrung der Dienenden, ihrer Sensibilität, Empathie, ihrer Kenntnis der sieben Chakren und ihrer Neigung zu absoluter Uneigennützigkeit – also mit Euro nicht zu bezahlen, sondern höchstens, um die Diener in ihrer Selbstlosigkeit nicht zu kränken, mit einem Zuschlag auf die Rente, eventuell »in« Kartoffeln oder Früchten der Jahreszeit oder mit einem Präsentkorb (Eierlikör und Haftkrem für die Dritten).

Im Unterschied zu ihren früheren Stößen, die einfach nur blöd waren, holt dieser seinen Drive aus der aktuellen Debatte, ja aus einem Debattenbündel. Er ist fachlich sauber plaziert: 1. Die Wehrpflicht fällt weg und mit ihr der Wehrersatzdienst, 2. um die Rente mit 67 ist es nicht gut bestellt, weil für zu wenige Alte Arbeit da ist, 3. die Demografie: Alte, die in ihren fruchtbaren Jahren zu wenige und nur mit Unlust Kinder gezeugt haben, können nicht erwarten, im Alter von jungen Leuten gepampert zu werden – das sollen die Alten mit den Alten mal schön selber tun. 4. die Klimakatastrophe, 5. der deutsche Exportüberschuss etc. pp.

Ein Denkanstoß, der für so viele Probleme zumindest eine Teillösung verspricht, wie soll der aufzuhalten sein!

Langsam befreunde ich mich mit der Vorstellung, an der Schwelle zum Alter das Pflegerische an mir zu entfalten, zu streicheln, zu salben und zu kuscheln. Das ganze lange Leben lang habe ich nur an mich gedacht. Einmal wurde ich sogar nach dem Sex von einer Person als Egoist bezeichnet! Wenn ich von mir aus aktiv werde, kann ich vielleicht im Rahmen einer Initiativbewerbung das Feld meiner sozialen Hingabe noch selber bestimmen. Diese Bewerbung muss selbstverständlich vollständig anonym sein und darf keinerlei Rückschlüsse auf mein Geschlecht u.a. erlauben – ein Denkanstoß der Ministerin, der als bisher einziger Gesetz zu werden droht. »Mensch, der einen sozialen Zwangsdienst ableisten muss, möchte gern in einem Mädchenprojekt mitwirken«, würde ich formulieren. Oder »Zwangsdienstler ungenannt bleiben wollenden Geschlechts sucht helferische Tätigkeit mit Tieren im Rahmen aufsuchender Sozialarbeit«. Natürlich sind Hunde gemeint, aber um die vielen anderen Tiere nicht zu diskriminieren, würde ich vorsichtig formulieren.

Ja, das Jahr beim Arbeitsdienst wird auch Schönes bringen, wenn man für die Jugend oder für Schäferhunde Gutes tun darf. Auf keinen Fall will ich eine alte Frau zum Klo führen, um anschließend von einer alten Frau aufs Klo geführt zu werden. Wenn das nicht passiert, dann, Frau Schröder, freue ich mich darauf.

WAS WÄRE, WENN …

die DDR an ihrem Ende in einem Zustand gewesen wäre, in dem die FDP heute ist?

So einer DDR würde keiner eine Träne nachweinen. Wie – der DDR weint sowieso keiner eine Träne nach – auch wenn sie nicht so ähnlich gewesen wäre, wie die FDP heute ist? Na ja, ich weiß nicht … Die Funktionäre der DDR, jedenfalls die, die im Politbüro saßen, waren ungeschickt, sprechunfähig, kulturlos, desinteressiert, leutselig, ängstlich und borniert. Sie waren wie Sindermann und Inge Lange. Sie waren auch cholerisch wie Günter Mittag. Vielleicht waren sie korrupt – allerdings in bescheidenen sozialistischen Maßstäben. Manchmal waren sie arschkalt, grundaggressiv und zynisch wie Schabowski. Sie hatten nur wenige Fragen. Eigentlich hatten sie nur die Machtfrage. Manche meinten es immer nur gut, wie Egon Krenz. Sie litten unter einem Überschuss an Visionen zur Menschheitsbeglückung. Das heißt – eigentlich litten nicht sie, sondern wir. Sie mochten Jagdausflüge, Stimmungsschunkeln bei Jugendtreffen und langanhaltenden »stehenden Beifall«, in den sich Hochrufe mischten. Erotisch waren sie auf Eisläuferinnen und Schlagersternchen mit dünnen Stimmchen orientiert.

Das ist Westerwelle nicht. Gegen die Gleichsetzung mit Westerwelle muss ich jeden meiner alten Genossen, auch den fiesesten, intrigantesten (wenn er das liest, weiß er, dass ich ihn meine) in Schutz nehmen. Nicht nur die Gleichsetzung, schon der Vergleich ist eine Zumutung.

Westerwelle ist ein Sozialrassist. Alles, was nicht an der Bonner juristischen Fakultät und in schlagenden Verbindungen sozialisiert wurde, verfällt seinem Hass. Er hat kein Weltbild (und so was wird Außenminister). Er hat auch kein Menschenbild, sondern nur ein Bild von Guido. Es gibt buchstäblich nichts, was er positiv erreichen will – auch emsigste Recherche bringt keine Äußerung von ihm ans Licht, aus der so etwas wie ein Plan seines politischen Handelns erkennbar wäre (der »Liberalismus« kommt ihm wie gerufen, mit dem kann man jedem politischen Reflex einen »Ismus« unterlegen). Er ist an der Gesellschaft und den Menschen, die da leben, gar nicht interessiert. Er ist nur an sich selbst interessiert. Sein Impuls ist es, »es« »denen« »mal zu zeigen«. Am nächsten bei sich war er in diesem Jahr, als er – in der »römischen Dekadenz« heillos verheddert – krähen durfte: »Ihr kauft mir den Schneid nicht ab!« Schneid! Schneid ist Westerwelle.

Hochfahrend, eitel, beleidigend, rasch beleidigt, zynisch, nachtragend und nachtretend, arschkalt. Ich kenne zwei, drei DDR-Bürgerrechtler, die ihm mit dieser personellen Grundausstattung das Wasser reichen könnten (die meisten aber waren und sind sehr lieb). Ein armer Irrer aus der DDR, den ich, und sei es für das Äquivalent einer lauen Pointe, einen »Westerwelle« nennen könnte, fällt mir nicht ein.

War die DDR mit ihrer führenden Partei als Vorhut an der Spitze jemals in einem Zustand, in dem die FDP heute ist? Nun, die DDR war nie eine Dreiprozentpartei. Selbst wenn man einmal annähme, 50 Prozent aller Wählerstimmen seien gefälscht worden, kämen die Einheitskandidaten immer noch auf 40 Prozent – das natürlich nur, weil die Leute Angst hatten, vor dem Wahllokal erschossen zu werden. Wohl wahr: In der verordneten Öffentlichkeit der DDR herrschten Personenkult, und es durfte praktisch nur übers Wetter geredet werden, und auch das nur, wenn es schön war. Aber die Leute redeten über die DDR und zwar dauernd, nur nicht, wenn sie schliefen. Wer redet über die FDP? Zum Schluss gingen Abertausende auf die Straße, um in letzter Minute die DDR noch irgendwie zu retten. Wer würde für die FDP auch nur den Mittagsschlaf unterbrechen? Viele Leute flohen aus der DDR. Hat die FDP noch so viele Ausreisewillige, dass man einen Sonderzug bestellen müsste? Als die DDR untergegangen worden war, feierten die Menschen, einige weinten. Egal war es keinem. Wenn nächste Woche die FDP mit dem Bund der Vertriebenen fusionieren würde – wäre ein Schulterzucken nicht schon eine übertriebene Reaktion? Und wer wüsste in zwanzig Jahren noch, wer oder was die FDP war? Oder, um es mit Norbert Blüm zu sagen: Die FDP ist tot – Jesus lebt.

WAS WÄRE, WENN ...

das Meinen VERBOTEN wäre?

Das Meinen ist eine der ältesten Kulturtechniken neben dem Klöppeln, dem Mohnanbau und dem Coitus interruptus. Etwa bis zum Zeitpunkt, da Walther von der Vogelweide lebte, war es unbekannt. Man hielt sich an Tatsachen (»schône sanc diu nahtegal«) oder erzählte von sich (»Ich könnte schon wieder« oder »Der dreißigjährige Krieg dauert für mein Empfinden aber lange.«) Die Kommunikation war karg, die Sätze waren knapp.

Mit der Lutherbibel fing die Unart an, eine Meinung zu haben. Luther verbreitete unzählige Meinungen, getarnt als humoristische Sprüche, und behauptete – was heute zum Meinen unbedingt dazugehört – dem Volke die Meinung abgelauscht (ihm »aufs Maul geschaut«) zu haben und eigentlich nur auszusprechen, was dieses auszusprechen nicht in der Lage oder nicht beherzt genug ist. Luther war der erste aus der parasitären Kaste der Meiner und Henryk M. Broder oder Pastor Schorlemmer werden nicht die letzten sein. Der Buchdruck verlangte plötzlich nach Meinungen, denn allein mit Tatsachen und Abbildungen waren Bücher nicht dick zu kriegen. Meinungsmedien entstanden, von denen der wöchentliche *Freitag* offenbar eins der wenigen aus ferner Zeit überlieferten ist, das »Meinungsrauschen« wurde zum Tinnitus der Gesellschaft. Andererseits ist das Meinen für das Entstehen von Gesellschaften unerlässlich. Über Meinungen – und sei es zum

Wetter, zum Bierpreis oder zu Kachelmann – entsteht Gemeinschaft, Differenz und Struktur. Und so suchte sich das Meinen leicht konsumierbare Formen – ohne Talkshows würde die Zivilisation wahrscheinlich auf die Entwicklungsstufe des Ständestaates zurückfallen. Eines Tages, mitten in der Berliner Republik des Gerhard Schröder, reichte es aber nicht mehr, ständig zu meinen. Die Clique, die damals den Staat kujonierte, verlangte, neben dem Alkohol- und Frauenkonsum, nach potenzierter Meinung, um sich am Leben zu fühlen. Das Meinungsrauschen als Meinungsrausch. So entstand der Diskurs, der nichts anderes ist als ein Wettrennen von Meinungen und Meinungsmachern, von dem stets bekannt ist, wie es ausgeht: Wer die Macht hat, hat das Sagen.

Heute findet man fast kein einfaches Meinen mehr. Meinen ist heute rasch ein Glaubensbekenntnis. Öffentliches Reden von Politikern fängt häufig mit »also, ich glaube, …« an. Das Glauben und das Meinen wurden unzertrennlich. Das eine befeuert das andere. Wird eine Meinung zum Glaubensbekenntnis, so gilt sie als noch weniger antastbar, sie ist keinesfalls mehr strittig. Denn wer den Glauben angreift, begeht schwerste Körper- und Seelenverletzung, vom Verfassungsbruch ganz zu schweigen.

Eine Zeit lang – etwa 1000 Jahre – galten Meinungen als gefährlich. Man konnte fürs Meinen in den Tod geschickt werden. Keine Meinung, sondern nur »so ein Gefühl« zu haben, ermöglichte oder erleichterte die persönliche Existenz ungemein. Aber selbst die autoritären Gesellschaften des letzten Jahrhunderts kamen dahinter, dass es wichtiger war, Menschen und Tatsachen zu unterdrücken als Meinungen. Etwas zu sagen, was man weiß, braucht Mut. Meinen ist wohlfeil, nebbich. Als klar wurde, dass Meinungen desto ungefährlicher werden, je mehr es davon gibt, wurde die Meinungsfreiheit zur buntesten Fahne der bürgerlichen

Gesellschaft. Und weil jeder meinen durfte, was er wollte, brach das goldene Zeitalter an. Für die Meinungsfreiheit lässt sich wunderbar leicht »kämpfen«, Gauck darf vom »Mut zur Meinung« faseln, Sarrazin darf zum Volkshelden werden, denn »er meint ja nur«, ein dänischer Zeichner darf Mohammed als Bombe auf zwei Beinen zeichnen, und Frau Merkel darf sich erinnern, dass sie »früher« (wir wissen schon) gar keine Meinung haben durfte. In dieser Woche meint ganz Deutschland über Meinungsfreiheit. Aber was oben ist bleibt oben, und von unten kommt nichts mehr.

Wenn das Meinen verboten würde, wäre es plötzlich still. Das wichtige Wichten und werthaltige Werten und Kommentieren würde aufhören. Küppersbusch, Friedman, Schwarzer – alles Versorgungsfälle (ich natürlich auch). Es entstünde ein Bedarf an Tatsachen: Was sind das für Leute, die uns regieren? Und in wessen Interesse? Und wer wurde wegen Meinens hingerichtet?

WAS WÄRE, WENN …

BÜRGER versucht wären, das Regierungsgebäude zu stürmen?

Sagen wir, es wären »mehr als 10000«. Eine Zahl, die bereits aus geringem Anlass, wie den Ersatz eines hässlichen Bahnhofs durch einen hässlichen Bahnhof, erreicht werden könnte. Zugegeben, keine gemütliche Zahl für eine Regierung in einem Regierungsgebäude, eine Zahl, die nervös machen könnte. Also, sagen wir lieber, es wären 1000 oder, noch besser, 500 und sie unternähmen den »Versuch, das Regierungsgebäude zu stürmen«, also das Bundeskanzleramt zu überrennen, dort die Kantine leerzufressen und dann den Roten Hahn darauf zu setzen.

Der Anlass für ihr gewalttätiges und gesetzloses Engagement – denn nirgendwo auf der Welt kann man ein Regierungsgebäude friedlich und gesetzeskonform »stürmen« – sei in unserem Gedankenexperiment dahingestellt: Es könnten Mitarbeiter von Schneeräumdiensten sein, die es einfach satthaben. Oder die gesamte KPD. Oder Krankenschwestern, die ihre unterbezahlte Existenz zur Gewalt gegen das Kanzleramt motiviert. Oder pubertierende Kinder, die ihr Popidol in den Räumen der Kanzlerin zu Gast vermuten und es da rausholen wollen.

Der große Rest der Bevölkerung, nehmen wir weiter an, beteiligte sich nicht an dem Spektakel, stand ihm gleichgültig oder ablehnend gegenüber. Der große Rest – das könnten beispielsweise 79,7 Prozent der wählenden Bürger sein. Oder, wie es der *Spiegel* formulierte, »angeblich 79,7 Prozent«. Diese Zahl gehörte kürzlich dem weißrussischen »Autokraten« (alle Zitate im folgenden aus dem Spiegel) Lukaschenko. So viele Leute hatten ihn – wiederholt – zum Präsidenten gewählt. Angeblich gewählt, natürlich.

Dieses »angeblich« hat es in sich. Es ist der kleine Rest, ein letztes Stäubchen von dem massiven Wahlbetrug, der bereits zehn Tage vor der Wahl durch die deutschen Leitmedien wanderte. Gegner Lukaschenkos, irrlichternde Personen, die selbst der *Spiegel* nur mit Hängen und Würgen als Opposition benamsen kann, sagten in bundesdeutschen öffentlich-rechtlichen Sendern den »massiven Wahlbetrug« voraus und forderten die Hörer auf, nicht per Brief zu wählen, weil diese Briefe von Lukaschenko regelmäßig gestohlen würden. Sie sollten diesen Rat, bitteschön, den Weißrussen irgendwie weitersagen. Es half alles nichts. Als dann rund drei viertel der Weißrussen, die zur Wahl gegangen waren (oder einen Brief geschickt hatten), Lukaschenko angeblich gewählt hatten, »da gingen in Minsk mehr als 10000 auf die Straße«, von denen einige den »Versuch, das Regierungsgebäude zu stürmen«, wagten.

Wie der ausging? Wie ginge es denn aus, wenn 500 – oder sagen wir 100 – versuchen würden, das Kanzleramt zu stürmen? Wie darf man sich den Verlauf dieses Versuches in der bestgemusterten Demokratie der Welt, in der man auf diversen Kanzlerinnengipfeln oder auf dem Wege der Schlichtung noch immer einen Interessen-Konsens produziert, vorstellen? Wahrscheinlich so: Die Geheimpolizei wäre »gut vorbereitet«. Sie würde nicht schießen (natürlich nicht!), aber »knüppelte die Demonstranten nieder«. Nicht alle. Aber doch die, die den Fuß ins Kanzleramt setzen wollten. Vielleicht wäre auch der Einsatz von Gas oder Wasserwerfern das Mittel der Wahl. Dann nähme die Geheimpolizei »einige Hundert von ihnen fest«. Die

Rädelsführer würden natürlich an einen unbekannten Ort verbracht, so dass sie ausländische Reporter (z. B. des belorussischen Fernsehens) nicht gleich befragen könnten, ob sie diese ungeheuerliche und brutale Reaktion des Staates, der sich eine Demokratie dünkt, für möglich gehalten hätten. »Von ›Banditen‹, die Massenunruhen ausgelöst hätten«, spräche anderntags wahrscheinlich die Kanzlerin. Völlig zu Recht! Natürlich gäbe es, wie regelmäßig nach 1.-Mai-Feuern in Kreuzberg, »Schnellverfahren«, die empfindliche Tagessätze Strafe verhängten.

Am Montag würde der *Spiegel* triumphieren: »Der Versuch, das Regierungsgebäude zu stürmen, misslang.« Wahrscheinlich würde er im Sinne des unabhängigen und den Fakten ergebenen Journalismus, hinzusetzen: »Er endete blutig.«

Wenn eine Handvoll Leute, warum auch immer, das Kanzleramt stürmen und zur Wiederherstellung der Gesetzlichkeit mit Knüppeln touchiert werden würden, was wäre das? »Es wäre ein übler Rückfall in alte Zeiten« (als die SA auf Sozialdemokraten und Kommunisten schoss), und »das westliche Europa käme in Erklärungsnot«, was es denn mit einer Kanzlerin anfangen solle, die keinen Deut besser wäre als der Autokrat in Minsk.

WAS WÄRE, WENN ...

die Leichen VERKLAPPUNG auf See in Mode käme?

Das wünsche ich mir. Nicht nur für mein eigenes Leichenbegängnis (ich bin Segler und wäre mit einem Törn in die Ewigkeit wunschlos glücklich zu machen). Ich wünsche es mir schon deshalb, um der furchtbar schmarotzenden Handwerkergilde der Bestatter mit ihrem bigotten seelsorgerischen Getue eins auszuwischen. Sie schwatzen weinenden Witwen Erdmöbel im Gelsenkirchener Barock auf, die sie bei Feuerbestattung mindestens zehn Mal wiederverwenden. Die Leiche wird auf Linnen gerichtet, darunter nicht Feder und Daune sind, sondern die Küchenabfälle aus dem Bestatterhaushalt. Angeblich wird die Leiche gewaschen und im Gesicht rasiert. In Wahrheit ist das der Moment, in dem ihr sämtliche wertvollen Metalle und seltene Erden aus der Mundhöhle gebrochen und die Titanhüfte entnommen werden.

Der einzige Arbeitgeber an meinem Ort ist das Altenheim. 24 Stunden am Tag umkreisen es die Bestatter. Manchmal liefern sie sich kleine Scharmützel um die beste Warteposition im Foyer. Sie dringen auch in die Kammern der Bettlägerigen vor, verteilen vergorenes Gebäck, um von ihnen rechtsverbindliche Unterschriften zu erlangen, mit denen sie die Leichen einsacken können, wenn es soweit ist. Oder sie setzen sich ein wenig auf den Luftschlauch des Beatmungsgerätes.

Die hellerlichte Freude der Kanzlerin über das Nassbegräbnis einer kürzlich verunfallten bekannten Persönlichkeit hat die Tore zu einer neuen Bestattungskultur in Deutschland weit aufgestoßen. Jetzt erst erkennen wir, dass der Seemannstod nicht nur der Seemannstod ist, sondern fest in unserer christlich-jüdischen Kultur, zu der bekanntlich auch der Islam gehört, verankert ist.

Die islamische Variante der Seebestattung ist in diesen Tagen besonders stark im Gespräch. Wer genaue Aufklärung über die dabei anzuwendenden Riten und Gebräuche haben möchte, bekommt sie vielleicht auf der Website Obamas. Ein Jahr lang hat die USA-Regierung gebraucht, bis alle Bestimmungen und Nebenabsprachen zur islamischen Seebestattung, die im Koran genannt werden, erfasst und von Spezialisten eingeübt worden waren. Zum Schluss waren die Bestatter im Auftrag des Präsidenten so fit und firm, dass sie regelrecht um eine Leiche bettelten, um endlich auch einmal zu zeigen, was sie im Training mit bärtigen Dummys geübt haben. Die wurde prompt geliefert und gehört inzwischen dem Meer.

Der Trend zur Seebestattung wird hierzulande ganz eigene Formen annehmen, in denen sich die Vorzüge eines ordentlichen Erdbegräbnisses, der Feuerbestattung und des Friedwaldes vereinen. Geplant ist, für die nächsten prominenten Toten – beispielhaft für die zögerliche Bevölkerung – eine kleine bunte, ggf. blinkende Boje pro Leiche auf dem offenen Meer zu verankern, die durchaus auch christliche Symbolik tragen kann. Dabei kann der große Vorzug, dass sich auf See niemand von Geräuschen belästigt fühlt, erstmals in der Bestattungsgeschichte genutzt werden.

Die Boje für Heiner Geißler, den Schlichter, wird zwei umschlungene Hände zeigen und das Geräusch eines abfahrenden Zuges (sozusagen ins Nirgendwo) emittieren. Die Boje für Günter Grass ist eine schwimmende Trommel – komplettiert mit gesammelten Redeausschnitten auf Endlostonspur. Johannes Heesters Wasserleichenverklappungsort wird mit einem kleinen ironischen Hakenkreuz verziert – dazu erklingt »Da geh ich ins Maxim«. Und Reich-Ranickis Boje wird die Form eines bunten Badereifens annehmen, aus dem es »der Vorhang zu und alle Fragen offen« tönt.

Die Kanzlerin ist mit ihrer Begeisterung für das Maritime vielleicht ein wenig vorgeprescht, denn noch sind viele Fragen offen, bevor es serienmäßig zu Leichenverklappungen in Deutschland kommen kann. Nicht zuletzt sind es Umweltauflagen: Wie wird die Wasservogelwelt reagieren? Wird es nicht zu einem Überangebot an Nährstoffen in den Gewässern kommen, wenn die Seebestattungsidee die Massen ergreift? Und was geschieht, wenn Osama bin Laden bei Timmendorf und Ostwind an den Strand gespült wird?

WAS WÄRE, WENN ...

die GESCHICHTE neu geschrieben werden müsste?

Es hat mich gerührt, wie kindlich sich die Bundeskanzlerin über den amerikanischen Karnevalsorden gefreut hat. Nicht nur, dass sie sich erstmals in ihrer Karriere ein Kleid angezogen hatte, in dem sie sich wie nackt vorgekommen sein muss. Sie kicherte und knickste auch, wie ein Jugendweihling, wollte wissen, wo sie sich das Ding hinstecken kann und war drauf und dran, das Lametta mit dem Friedensnobelpreis zu vergleichen, den Obama schon hat. Vielleicht ist sie in einer Phase, in der sie grundlegende Dinge zu verwechseln beginnt – ihr Amt und ihre Person beispielsweise. Vielleicht schließt sie aus der Tatsache, dass Muhammad Ali und Marlene Dietrich auch diesen Orden bekamen, es ginge hier um etwas, was ihr eigentümlich wäre, ihr innewohnt, egal ob sie als Backwarenfachverkäuferin, Prostituierte oder Bundeskanzlerin tätig ist – ein Talent, eine Kraft, eine Aura. Mit ihr zu arbeiten mache Spaß, hat Obama über sie gesagt, was man jeder Bürokraft sagt, wenn sie Geburtstag hat. Er hätte auch sagen können, Frau Merkel sei nett.

Es hat mich gerührt, wie sie errötete und fickrig wurde, mit dem Medaillenkasten in der Hand kaum den Impuls unterdrücken konnte, sich umzuwenden und zum Sauer zu rennen: Guck mal, was ich vom Barack gekriegt habe! Mich beschlich das Gefühl, dass wir – wir alle! – sie nicht verwöhnt haben mit Komplimenten, die nicht ihr Amt, nur ihre Person betreffen. Sagt Pofalla manchmal am Rande einer Besprechung »Übrigens, toller Hintern, Angela!«, ruft Schäuble anerkennend »Ihr Kaffee mal wieder, Frau Bundeskanzler!« oder bemerkt Westerwelle »Oh, neues Deo!«? Nein. Nur Sauer sagt manchmal »Hm, Kartoffelsuppe!«. Aber auch nur, wenn er muss.

Bedenklich an der amerikanischen Episode ist allerdings, dass Merkel wahrscheinlich gelogen hat, um an den Orden zu kommen. Oder sagen wir: Sie ist im zu Guttenbergschen Sinne wahrscheinlich etwas zu engagiert mit ihrer Biographie verfahren. Sie muss dem Obama Dinger über sich erzählt haben! Anders sind bestimmte Einlassungen des Präsidenten nicht zu deuten. Sichtlich ergriffen sprach er von dem kleinen Mädchen, das in einer Art Gulag aufwuchs, sich nicht nach Spielzeug, Süßigkeiten oder einem süßen Haustier, sondern nur nach einem Sonnenstrahl pro Woche sehnte. Das ganze Glück des Kindes bestand darin, nicht erschossen zu werden. Es konnte praktisch bis ins reife Frauenalter nur notdürftig seine Scham bedecken, da es ihm an Kleidung fehlte.

Diesen Eindruck hat Angela Merkel selbst bei Obama erzeugt, weil sie in seiner Gegenwart wiederholt betont hat, die Freiheit sei an jenem Tag über sie gekommen, als ihre Sehnsucht nach einer eigenen Hose aus derbem, blauen Stoff gestillt wurde (entsprechende Zitate findet man im Netz). Sie fror viel in dieser Zeit, und ihr Augenlicht schwand, weil sie keine Farben sehen durfte. Sie war fast gänzlich stumm, denn jedes Wort hätte sie verraten, war mit Schlimme-Augen-Wurst fehlernährt und konnte erst als Fünfjährige einen Berg hinunterlaufen. Ohne Bibel wäre sie verrückt geworden. Außerdem wurde sie von bösen Männern (Stasi) behelligt, zu denen sie knallhart »nein« gesagt hat.

Das alles hat Obama über sie und überwiegend von ihr erfahren. Sein Erstaunen darüber, dass Merkel dennoch über sämtliche Gliedmaßen und ein saniertes Gebiss verfügt, logisch argumentieren und Anspielungen verstehen kann, war aus jeder Silbe seiner Laudatio herauszuhören. Unklar ist ihm allerdings bis heute geblieben, wie Angela Merkel das kommunistische Regime gestürzt hat. Immer, wenn er sie danach fragte, hat sie ihn nur verschwörerisch angelächelt und geschwiegen (aus Bescheidenheit). Deshalb half sich Obama mit der Formel, Merkel habe ein bewährtes »Yes, I can« zu sich gesagt – und da sei es um den Kommunismus geschehen gewesen.

Die Kanzlerin selbst beteuerte übrigens ein ums andere Mal, wenn sie Obama begegnete, die Ostdeutschen – einschließlich der kleinen, tapferen Pfarrersfamilie, in der sie aufwuchs – seien durch die Amerikaner in einem Akt der Nächstenliebe befreit und die Deutschen durch die USA umgehend glücklich wiedervereinigt worden. Das dürfte neu sein für alle, die irgendwie beteiligt gewesen sind. Aber man kann es von jetzt an in den Geschichtsbüchern lesen.

INHALT

Was wäre, wenn ...

Was wäre, wenn ...